中国新文学的源流
欧洲文学史

周作人 著

民主与建设出版社
·北京·

图书在版编目（CIP）数据

中国新文学的源流；欧洲文学史 / 周作人著 . —北京：民主与建设出版社，2018.3

ISBN 978-7-5139-1931-9

Ⅰ.①中…　Ⅱ.①周…　Ⅲ.①中国文学—文学研究②欧洲文学—文学史　Ⅳ.①I206②I500.9

中国版本图书馆 CIP 数据核字（2018）第 017917 号

中国新文学的源流；欧洲文学史
ZHONGGUO XINWENXUE DE YUANLIU；OUZHOU WENXUESHI

出 版 人	李声笑
著　　者	周作人
责任编辑	韩增标
封面设计	末末美书
出版发行	民主与建设出版社有限责任公司
电　　话	（010）59417747　59419778
社　　址	北京市海淀区西三环中路 10 号望海楼 E 座 7 层
邮　　编	100142
印　　刷	三河市兴达印务有限公司
版　　次	2019 年 6 月第 1 版
印　　次	2019 年 6 月第 1 次印刷
开　　本	880mm×1230mm　1/32
印　　张	9.5
字　　数	160 千字
书　　号	ISBN 978-7-5139-1931-9
定　　价	50.00 元

注：如有印、装质量问题，请与出版社联系。

目　录

中国新文学的源流 ....

中国新文学的源流

小引

　　本年三四月间沈兼士先生来叫我到辅仁大学去讲演。说话本来非我所长，况且又是学术讲演的性质，更使我觉得为难，但是沈先生是我十多年的老朋友，实在也不好推辞，所以硬起头皮去讲了几次，所讲的题目从头就没有定好，仿佛只是什么关于新文学的什么之类，既未编讲义，也没有写出纲领来，只信口开河地说下去就完了。到了讲完之后，邓恭三先生却拿了一本笔记的草稿来叫我校阅，这颇出于我的意料之外，再看所记录的不但绝少错误，而且反把我所乱说的话整理得略有次序，这尤其使我佩服。同时北平有一家书店愿意印行这本小册，和邓先生接洽，我便赞成他们的意思，心想一不做二不休，索性印了出来也好。就劝邓先生这样办了。

我想印了出来也好的理由是很简单的。大约就是这几点。其一，邓先生既然记录了下来，又记得很好，这个工作埋没了也可惜。其二，恰巧有书店愿印，也是个机缘。其三，我自己说过就忘了，借此可以留个底稿。其四，有了印本，我可以分给朋友们看看。这些都有点儿近于自私自利，如其要说得冠冕一点，似乎应该再加上一句：公之于世，就正大雅。不过我觉得不敢这样说，我本不是研究中国文学史的，这只是临时随便说的闲话，意见的谬误不必说了，就是叙述上不完不备草率笼统的地方也到处皆是，当作谈天的资料对朋友们谈谈也还不妨，若是算它是学术论文那样去办，那实是不敢当的。万一有学者看重我，定要那样地鞭策我，我自然也硬着头皮忍受，不敢求饶，但总之我想印了出来也好的理由是如上述的那么简单，所可说的只有这四点罢了。

末了，我想顺便声明，这讲演里的主意大抵是我杜撰的。我说杜撰，并不是说新发明，想注册专利，我只是说无所根据而已。我的意见并非依据西洋某人的论文，或是遵照东洋某人的书本，演绎应用来的。那么是周公孔圣人梦中传授的吗？也未必然。公安派的文学历史观念确是我所佩服的，不过我的杜撰意见在未读三袁文集的时候已经有了，而且根本上也不尽同，因为我所

周作人作品

说的是文学上的主义或态度，他们所说的多是文体的问题。这样说来似乎事情非常神秘，仿佛在我的杜园瓜菜内竟出了什么嘉禾瑞草，有了不得的样子；我想这当然是不会有的。假如要追寻下去，这到底是那里的来源，那么我只得实说出来：这是从说书来的。他们说三国什么时候，必定首先喝道：且说天下大势，合久必分，分久必合。我觉得这是一句很精的格言。我从这上边建设起我的议论来，说没有根基也是没有根基，若说是有，那也就很有根基的了。

中华民国二十一年七月二十六日，周作人记于北平西北城。

第一讲　关于文学之诸问题

文学是什么

文学的范围

研究的对象

研究文学的预备知识

文学的起源

文学的用处

　　现在所定的讲题是"中国的新文学运动"，是想在这题目之下，对于中国新文学运动的源流、经过和它的意义，据自己所知道所见到的，加以说明。但为了说明的方便，对于和这题目有关的别的问题，还须先行说明一下：

一，文学是什么？

关于文学是什么的问题，至今还没有一定的解答。这本是一个属于文学概论范围内的题目，应当向研究文学的专门家去问，无奈专门家至今也并没有定论。试翻开文学概论一类的书籍看，彼此所下的定义各不相同。本来这也是一件很困难的事。有一位英国人曾作过一篇文章，里面大体的意思是说：在各种学问里面，有些是可以找出一定的是非来的，有些则不能。譬如化学上原子的数目，绝不能同时有两个，有两个则必有一对一错。假如有人发见了一种新原子，别人也断不能加以否认。生物学上的进化论也是如此，既然进化论是对的，一切和进化论相反对的学说便都是错的。另外如哲学宗教等等，则找不出这样绝对的是与非来。自古代的希腊到现在，自亚力士多德的哲学，以至詹姆斯和杜威的实验哲学，派别很多很多，其中谁是谁非，是没有法子断定的，到了宗教问题尤甚。这是一种所谓不可知论。我觉得文学这东西也应是这种不可知的学问之一种，因而下定义便很难。现在，我想将我自己的意见说出来，聊供大家的参考。因为对于文学的理论，自己不曾作过专门的研究，其中定不免有许多可笑的地方。大家可向各种文学概论书籍里面去找，如能找到更好的说法那便最好了。

在我的意见——其实也是很笼统的——以为：

"文学是用美妙的形式，将作者独特的思想和感情传达出来，使看的人能因而得到愉快的一种东西。"

这样说，自然毛病也很多，第一句失之于太笼统；第二句是人云亦云，大概没有什么毛病；第三句里面的"愉快"二字，则必会有人以为最不妥当。不过，在我的意思中，这"愉快"的范围是很广的：当我们读过一篇描写"光明"描写"快乐"的文字之后，自然能得到"愉快"的感觉；读过描写"黑暗"描写"凄惨"的作品后，所生的感情也同样可以解作"愉快"——这"愉快"是有些爽快的意思在内。正如我们身上生了疮，用刀割过之后，疼是免不了的，然而却觉得痛快。这意思金圣叹也曾说过，他说生了疮时，关了门自己用热水烫洗一下，"不亦快哉"。这也便是我的所谓"愉快"。当然这"愉快"不是指哈哈一笑而言。

实际说来，愉快和痛苦之间，相去是并不很远的。在我们的皮肤作痒的时候，我们用手去搔那痒处，这时候是觉得愉快的，但用力稍过，便常将皮肤抓破，便又不免觉得痛苦了。在文学方面，情形也正相同。

一位法国诗人，他所作的诗都很难懂，按他的意见，读诗是和儿童猜谜差不多，当初不能全懂，只能了解十分之三四，再由这十分之三四加以推广补充，得到仿佛创作的愉快。以后了解的愈多，所得的愉快也愈多。正如对儿童打一谜语说"蹊跷实蹊跷，坐着还比立着高"，在儿童们乍听时当然不懂，然而好奇心使得他们高兴，等后来再告诉他们说这是一个活的东西，如此便可以悟得出是一只狗，也便因而感到更多的愉快了。

二，文学的范围

近来大家都有一种共通的毛病，就是：无论在学校里所研究的，或是个人所阅读的，或是在文学史上所注意到的，大半都是偏于极狭义的文学方面，即所谓纯文学。在我觉得文学的全部好像是一座山的样子，可以将它画作山似的一种图式：

我们现在所偏重的纯粹文学，只是在这山顶上的一小部分。实则文学和政治经济一样，是整个文化的一部分，是一层层累积起来的。我们必须拿它当作文化的一种去研究，必须注意到它的全体，只是山顶上的一部分是不够用的。

图里边的原始文学是指由民间自己创作出来，供他们自己歌咏欣赏的一部分而言，如山歌民谣之类全是。这种东西所用的都是文学上最低级的形式，然而却是后来诗歌的本源。现在，一般研究中国文学或编著中国文学史的，多半是从《诗经》开始，但民间的歌谣是远在《诗经》之前便已产生了，抛开了这一部分而不加注意，则对于文学的来源便将无法说明。

通俗文学是比较原始文学进步一点的。它是受了纯文学的影响，由低级的文人写出来，里边羼杂了很多官僚和士大夫的升官发财的思想进去的，《三国演义》、《水浒》、《七侠五义》以及大鼓书曲本之类都是。现在的报纸上也还每天一段段的登载这种东西。它所给予中国社会的影响最大。记得有一位英国学者，曾到希腊去过，回来后他向人说，希腊民间的风俗习惯，还都十分鄙陋，据他看来，在希腊是和不曾生过苏格拉底亚力士多德诸人一样。他们的哲学只有一般研究学问的人们知道，对于一般国民是没有任何影响的。在中国，情形也是这样。影响中国社会的力量最大的，不是孔子和老子，不是纯粹文学，而是道教（不是老庄的道家）和通俗文学。因此研究中国文学，更不能置通俗文学于不顾。

所以，照我的意见，今后大家研究文学，应将文学的范围扩大，不要仅仅注意到最高级的一部分，而要注意到它的全体。

三，研究的对象

研究文学有两条道路可走：

（1）科学的

　　　（a）文学

　　　（b）文学史

（2）艺术的

　　　（a）创作

　　　（b）赏鉴

第一种是科学的研究法，是应用心理学或历史等对文学加以剖析的。譬如对于文学的结构，要研究究竟怎么样排列才可使人更受感动，这便是应用心理学的研究法。日本帝国大学教授夏目漱石的《文学论》，现已有人译出了，这本书即是用这样的方法去研究文学的。至于文学史则是以时代的先后为序而研究文学的演变或研究某作家及其作品的。不过，我以为文学史的研究在现今那样办法，即是孤立的，隔离的研究，多少有些不合适：既然文学史所研究的为各时代的文学情况，那便和社会进化史，政治经济思想史等同为文化史的一部分，因而这课程便应以治历史的态度去研究。至于某作家的历史的研究，那便是研究某作家的传记，更是历史方面的事情了。这样地治文学的，实在是一个历史家或社会学家，总之是一个科学家是无疑的了。

第二条路子是艺术的，即由我们自己拿文学当作一件艺术品而去创作它或作为一件艺术品而对它加以赏鉴。

要创作，天才是必要的条件。我们爱好文学，高兴时也可以自己去写一点，无论是诗歌，散文，或是小说。但如觉得自己没有能写得好的才能，即可抛开，这不是可以勉强的事。在学校上课，别的知识技能都可从课堂上学得，惟有创作的才能学不来。按道理讲，在艺术学校里边应该添设文学一科，将如何去创作文学的事正式地加以研究指导。但这实在困难。学作画学过四年之后，提笔便可以作出一幅画子，学文学的创作却不能有如此的成绩。有很多的大作家，都不是因为学习创作而成功的。而且，说也奇怪，好像医学和工学对文学更有特别的帮助一样，很多文学家起始都是学医或学工程的。契诃夫（Anton P. Chekhov）是学医的，汤姆斯哈代（Thomas Hardy）是学工的，中国的郭沫若是学医的，成仿吾是学工的。此外，这样的例子还很多。大家也最好不要以创作为专门的事业，应该于创作之外，另有技能，另有职业，这样对文学将更有好处。在很早以前，章太炎先生便作这样的主张，他总是劝人不要依赖学问吃饭，那时是为了反对满清，假如专依学问为生，则只有为满清做官，而那样则必失去研究学问的自由。到现在我觉得这种主张还可适用。单依文学为谋生之具，这样的人如加多起来，势必造成文学的堕落。因为，现在的文学作品，也和工艺出品一样，已经不复是家庭手工业时代，作出东西之后，挂在门口出卖是不成了，必得由资本家的印刷所去印行才可。在这种情形之下，如专依卖文糊口，则一想创作，先须想到这作品的销路，想到出版者欢迎与否，社会上欢迎与否，更须有官厅方面的禁止与否，和其他种种的顾虑，如是便一定会生出文学上的不振作的现象来。一位日本的普罗文学者的领袖，他作过一本《日本普罗文学运动史》，在里边他也说出了同样的意见。因为日本的普罗作家，大半都须出卖稿子于资产阶级的出版家以维持生活，如是，他把最用心的作品，卖给那利用普罗文学以渔利的资本主义的杂志社，书店，更没有力量为自己的杂志上作出好的文章来。其结果，使一个普罗作家的精力消耗不少，而好的普罗文学却终于产生不出来。如果另有专业而不这样的专赖文学为生，则作品的出卖与否没有关系，在创作的时候，自然也就可以免去许多顾虑了。

赏鉴文学，是人人都可以作得到的，并无需乎天才。看见一幅图画，假如那图画画得很好，各种颜色配合适度，即在不会作画的人看来，是也会觉得悦目的。对于文学作品亦复如此。无论作什么事情的人，都同样有欣赏文学的能力。现在研究学问的人，似乎将各种学问分隔得太远了，学文学的每易对科学疏淡，而学科学的则又以为文学书籍只有文科的人才应读。其实是不然的。于此，我要说一说我是怎样和文学发生了关系的，这是我自己走过的道路，说起来觉得切实一点，对大家也许还有些用处。正如走路，要向人说明到某处怎样走法，单是说明路程的方向是不够的，必须亲自走过，知道那路上的各种具体的标识，然后说出来于人才有些帮助。

我本是学海军的，对文学本很少接近的机会，后来，因为热心于民族革命的问题而去听章太炎先生讲学，那时候章先生正鼓吹排满，他讲学也是为此。后来又因留心民族革命文学，便得到和弱小民族的文学接近的机缘。各种作品，如芬兰、波兰、犹太、印度等国的，有些是描写国内的腐败的情形，有些是描写亡国的惨痛的，当时读起来很受到许多影响，因而也很高兴读。后来，不仅对这些弱小国家的发生兴趣，对于强大国家的作品，也很想看一看究竟是什么样子，于是，慢慢就将范围扩大开来了。

只要有机缘有兴趣，学海军的人，对于文学作品也能够阅读赏鉴，从事于别种职业的人，自然更没有不能够的。

四，研究文学的预备知识

所谓预备知识者，也可以说就是指高级中学内的各种功课而言，我时常听到一般青年朋友说，他是爱好文学的，科学对他没有用处，尤其是数学，格外使人讨厌，将来既是要研究文学，自然可以不必去学这些东西。这实是一种不好的现象，对于训练思想说，科学，连数学在内，是有很大的用处的。现在，要从高中的普通课程中，提出和文学的关系比较密切的几种，向大家一说：

1. 文字学——这是不消说的，研究文学的人，当然先须懂得文字。现在国文系里也都有这种科目，不再多说。

2. 生物学——有人曾问我人生究竟是怎么一回事，我回答说我也说不出，如必欲要我回答这问题，那么，最好你去研究生物学。生物学说明了生物的生活情形，人也是生物之一，人生的根本原则便可从这里去看出来了。文学，和生物学一样，是以人生为对象的东西，所以，这两者的关系特别密切，而研究文学的人，自然也就应当去研究一下生物学了。

3. 历史——历史所记载的是人类过去生活的经验，是现在人类生活的根据。比如文学史，是以前人生行为的表现，在文学上所能看得出的。其他讲政治经济之变迁的，也都有研究的必要，有如人的耳目口鼻，每部分都各有其作用。几年前，郭沫若就主张诗人必须懂得人类学——即社会学，亦即我所说的历史，不过我所说的历史的范围是比较广些。当时很有人以为郭先生的主张奇怪，何以诗人必须懂人类学呢？其实这是很容易知道的：人类学是研究人类形体精神两方面的学问，对于研究文学的人，帮助的确很多。

近来治文学的人，也有应用历史方法的了，然而有时又过于机械。近来在某杂志上见到一篇文章，说隋代的中国文学是商业时代的文学。其实，中国的社会，在隋以前和隋以后，并没有多少不同，前后都是手工业时代，没有变化，工业上既没有变化，怎会有了不同的商业时代呢？这是因为没有看清中国和西洋近代的不同，说来便与事实不相符合了。

五，文学的起源

要说明中国的新文学运动，先须有说明的根据，这便是关于文学起源的问题：

从印度和希腊诸国，都可找出文学起源的说明来，现在单就希腊戏剧的发生说一说，由此一端便可知道其他一切。

大家都知道，文学本是宗教的一部分，只因二者的性质不同，所以到后来又从宗教里分化了出来。宗教和政治组织相同，原为帮助人类去好好地生存的方法之一。如在中国古代的迎春仪式，其最初的目的就是要将春天迎接了来，以利五谷和牲畜的生长。当时是以为若没有这种仪式，则冬天怕将永住不去，而春天也怕永不再来了。在明末刘侗所著《帝京景物略》内，我们可找到对这种仪式很详细的说明，大体是在立春之前一日，扎些春牛芒神之类，去将春神迎接了来。在希腊也如是。时候也是在冬春之交，在迎春的一天，有人化装为春之神，另外有五十个扮演侍从的人。春之神代表善人，先被恶神所害，造成一段悲剧，后又复活过来，这是用以代表春去而又复来的意思。当时扮演春神的人都要身被羊皮，其用意大概在表示易于生长。英文中之Tragedy（悲剧）原为希腊文中之Tragoidia，其意义即为羊歌，后来便以此字专作悲剧解释的。

在化装迎春的这一天，有很多很多的国民都去参加，其参加的用意，在最初并不是为看热闹，而是作为举行这仪式的一份子而去的。其后一般国民的文化程度渐高，知道无论迎春与否，春天总是每年都要来的。于是，仪式虽还照旧举行，而参加者的态度却有了变更，不再是去参加仪式，而是作为旁观者去看热闹了。这时候所演的戏剧不只一出，迎春成为最后一幕，主脚也逐渐加多，侍从者从此也变为后场了。更后来将末出取消，单剩前面的几出悲剧，从此，戏剧便从宗教仪式里脱化出来了。

文学和宗教两者的性质之不同，是在于其有无"目的"：宗教仪式都是有目的的，文学则没有。譬如在夏季将要下雨的时候，我们时常因天气的闷热而感到烦燥，常是禁不住地喊道："啊，快下雨吧！"这样是艺术的态度。道士们求雨则有种种仪式，如以击鼓表示打雷，挥黑旗表示刮风，洒水表示下雨等等。他们是想用这种种仪式以促使雨的下降为目的的。《诗序》上说：

"情动于中而形于言，言之不足，故嗟叹之；嗟叹之不足，故永歌之；永歌之不足，不知手之舞之，足之蹈之也。"我的意见，说来是无异于这几句话的。文学只有感情没有目的。若必谓为是有目的的，那么也单是以"说出"为目的。正如我们在冬时候谈天，常说道："今天真冷！"说这话的用意，当然并不是想向对方借钱去做衣服，而只是很单纯地说出自己的感觉罢了。

我们当作文学看的书籍，宗教家常要用作劝善的工具。我们读《关雎》一诗，只以为是一首新婚时的好诗罢了，在乡下的塾师却以为有天经地义似的道理在内。又如赞美歌在我们桌上是文学，信徒在教堂中念却是宗教了。这些，都是文学和宗教的差异之点，设使没有这种差异，当然也就不会分而为二了。

以后，我便想以此点作为根据，应用这种观点以说明中国新文学运动的情形和意义，它的前因和它的后果。

六，文学的用处

从前面我所说的许多话中，大家当可看得出来：文学是无用的东西。因为我们所说的文学，只是以达出作者的思想感情为满足的，此外再无目的之可言。里面，没有多大鼓动的力量，也没有教训，只能令人聊以快意。不过，即这使人聊以快意的一点，也可以算作一种用处的：它能使作者胸怀中的不平因写出而得以平息；读者虽得不到什么教训，却也不是没有益处。

关于读者所能得到的益处，可以这样地加以说明——但这也是希腊的亚力士多德很早就在他的《诗学》内主张过的，便是一种被除作用。

从前的人们都以《水浒》为诲盗的小说，在我们看来正相反，它不但不诲盗，且还能减少社会上很多的危险。每一个被侮辱和被损害者，都想复仇，但等他看过《水浒》之后，便感到痛快，仿佛气已出过，仿佛我们所气恨的人已被梁山泊的英雄打死，因而自己的气愤也就跟着消灭了。《红楼梦》对读者也能发生同等的作用。

一位现还在世的英国思想家，他以为文学是一种精神上的体操。当我们用功的时候，长时间不作筋肉的活动，则筋肉疲倦，必须再去作些运动，将多余的力量用掉，然后才觉得舒服。文学的作用也是如此。在未开化或半开化的社会里，人们的气愤容易发泄。在文明社会中，则处处设有警察维持秩序，要起诉则又常因法律证据不足而不能，但此种在社会上发泄不出的愤懑，终须有一地方去发泄，在前，各国每年都有一天特许骂人，凡平常所不敢骂的人，在那天也可向之大骂。骂过之后，则愤气自平。现在这种习俗已经没有，但文学的作用却与此相同。这样说则真正文学作品没有不于人有益的，在积极方面没有用处的，在消极方面却有用处。几年前有一位潘君在《幻洲》内曾骂过一般作文章的青年，他的意见是：青年应当将力量蕴蓄起来，等到做起事情来时再使之爆发，若先已藉文学将牢骚发泄出去，则心中已经没有气愤，以后如何作得事情。这种说法，在他虽是另有立场，而意见却不错。

有人以为文学还另有积极的用处，因为，若单如上面所说，只有消极的作用，则文学实为不必要的东西。我说：欲使文学有用也可以，但那样已是变相的文学了。椅子原是作为座位用的，墨盒原是为写字用的，然而，以前的议员们岂不是曾在打架时作为武器用过么？在打架的时候，椅子墨盒可以打人，然而打人却终非椅子和墨盒的真正用处。文学亦然。

文学，仿佛只有在社会上失败的弱者才需要，对于际遇好的，或没有不满足的人们，他们任何时任何事既都能随心所欲，文学自然没有必要。而在一般的弱者，在他们的心中感到苦闷，或遇到了人力无能为的生死问题时，则多半用文学把这时的感触发挥出去。凡在另有积极方法可施，还不至于没有办法或不可能时，如政治上的腐败等，当然可去实际地参加政治改革运动，而不必藉文学发牢骚了。

第二讲　中国文学的变迁

两种潮流的起伏

历代文学的变迁

明末的新文学运动

公安派及其文学主张

竟陵派之继起

公安竟陵两派的结合

上次讲到文学最先是混在宗教之内的，后来因为性质不同分化了出来。分出之后，在文学的领域内马上又有两种不同的潮流：

（甲）诗言志——言志派

（乙）文以载道——载道派

言志之外所以又生出载道派的原因，是因为文学刚从宗教脱出之后，原来的势力尚有一部分保存在文学之内，有些人以为单是言志未免太无聊，于是便主张以文学为工具，再藉这工具将另外的更重要的东西——"道"，表现出来。

这两种潮流的起伏，便造成了中国的文学史。我们以这样的观点去看中国的新文学运动，自然也比较容易看得清楚。

中国的文学，在过去所走的并不是一条直路，而是像一道弯曲的河流，从甲处流到乙处，又从乙处流到甲处。遇到一次抵抗，其方向即起一次转变。略如下图：

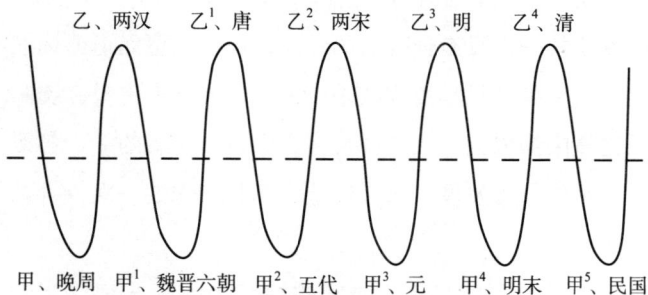

乙、两汉　　乙^1、唐　　乙^2、两宋　　乙^3、明　　乙^4、清

甲、晚周　甲^1、魏晋六朝　甲^2、五代　甲^3、元　　甲^4、明末　甲^5、民国

图中的虚线是表示文学上的一直的方向的，但这只是可以空想得出来，而实际上并没有的。

民国以后的新文学运动，有人以为是一件破天荒的事情，胡适之先生在他所著的《白话文学史》中，就以为白话文学是中国文学唯一的目的地，以前的文学也是朝着这个方向走，只因为障碍物太多，直到现在才得走入正轨，而从今以后一定就要这样走下去。这意见我是不大赞同的。照我看来，中国文学始终是两种互相反对的力量起伏着，过去如此，将来也总如此。

要说明这次的新文学运动，必须先看看以前的文学是什么样。现在我想从明末的新文学运动说起，看看那时候是什么情形，中间怎样经过了清代的反动，又怎样对这反动起了反动而产生了最近这次的文学革命运动。更前的在这里只能略一提及，希望大家自己去研究，得以引申或订正我的粗浅的概说。

晚周，由春秋以至战国时代，正是大纷乱的时候，国家不统一，没有强有力的政府，社会上更无道德标准之可言，到处只是乱闹乱杀，因此，文学上也没有统制的力量去拘束它，人人都得自由讲自己愿讲的话，各派思想都能自由发展。这样便造成算是最先的一次诗言志的潮流。

文学方面的兴衰，总和政治情形的好坏相反背着的。西汉时候的政治，在中国历史上总算是比较好些的，然而自董仲舒而后，思想定于一尊，儒家的思想统治了整个的思想界，于是文学也走入了载道的路子。这时候所产生出来的作品，很少作得好的，除了司马迁等少数人外，几乎所有的文章全不及晚周，也不及这时期以后的魏晋。

魏时三国鼎立，晋代也只有很少年岁的统一局面，因而这时候的文学，又重新得到解放，所出的书籍都比较有趣一些。而在汉朝已起头的骈体文，到这时期也更加发达起来。更有趣的是这时候尚清谈的特别风气。后来有很多人以为清谈是晋朝的亡国之因，近来胡适之、顾颉刚诸先生已不以为然，我们也觉得政局的糟糕绝不能归咎于这样的事情。他们在当时清谈些什么，我们虽不能知道，但想来是一定很有趣味的事。《世说新语》是可以代表这时候的时代精神的一部书。另外还有很多的好文章，如六朝时的《洛阳伽蓝记》、《水经注》、《颜氏家训》等书内都有。《颜氏家训》本不是文学书，其中的文章却写得很好，尤其是颜之推的思想，其明达不但为两汉人所不及，即使他生在现代，也绝不算落伍的人物，对各方面他都具有很真切的了解，没一点固执之处。《水经注》是讲地理的书，而里边的文章也特别好。其他如《六朝文絜》内所有的文章，平心静气地讲，的确都是很好的，即使叫现代的文人写，怕也很难写得那样好。

唐朝，和两汉一样，社会上较统一，文学随又走上载道的路子，因而便没有多少好的作品。这时代的文人，我们可以很武断地拿韩愈作代表。虽然韩愈号称文起八代之衰，六朝的骈文体也的确被他打倒了，但他的文章，即使是最有名的《盘谷序》，据我们看来，实在作得不好。仅有的几篇好些的，是在他忘记了载道的时候偶尔写出的，当然不是他的代表作品。

自从韩愈好在文章里面讲道统而后，讲道统的风气遂成为载道派永远去不掉的老毛病。文以载道的口号，虽则是到宋人才提出来的，但那只是承接着韩愈的系统而已。

诗是唐朝新起的东西，诗的体裁也在唐时加多起来，如七言诗，绝句，律诗等都是。但这只是由于当时考诗的缘故。因考诗所以作诗的加多，作品多了自然就有很多的好诗。然而这情形终于和六朝时候的创作情形是不相同的。

唐以后，五代至宋初，通是走着诗言志的道路。词，虽是和乐府的关系很大，但总是这时期新兴的一种东西。在宋初好像还很大胆地走着这条言志的路，到了政局稳定之后，大的潮流便又转入于载道方面。陆放翁，黄山谷，苏东坡诸人对这潮流也不能抵抗，他们所写下的，凡是我们所认为有文学价值的，通是他们暗地里随便一写认为好玩的东西。苏东坡总算是宋朝的大作家，胡适之先生很称许他，明末的公安派对他也捧得特别厉害，但我觉得他绝不是文学运动方面的人物，他的有名，在当时只是因为他反对王安石，因为他在政治方面的反动。（我们看来，王安石的文章和政见，是比较好的，反王派的政治思想实在无可取。）他的作品中的一大部分，都是摹拟古人的。如《三苏策论》里面的文章，大抵都是学韩愈，学古文的。只因他聪明过人，所以学得来还好。另外的一小部分，不是正经文章，只是他随便一写的东西，如书信题跋之类，在他本认为不甚重要，不是想要传留给后人的，因而写的时候，态度便很自然，而他所有的好文章，就全在这一部分里面。从这里可以见出他仍是属于韩愈的系统之下，是载道派的人物。

清末有一位汪琬批评扬雄，他说扬雄的文章专门摹仿古人，写得都不好。好的，只有《酒箴》一篇。那是因为他写的时候随随便便，没想让它传后之故。这话的确不错。写文章时不摆架子，当可写得十分自然。好像一般官僚，在外边总是摆着官僚架子，在家里则有时讲讲笑话，自然也就显得很真诚了。所以，宋朝也有好文章，却都是在作者忘记摆架子的时候所写的。

元朝有新兴的曲，文学又从旧圈套里解脱了出来。到明朝的前后七子，认为元代以至明初时候的文学没有价值，于是要来复古：不读唐代以后的书籍，不学杜甫以后的诗，作文更必须学周秦诸子。他们的时代是十六世纪的前半：前七子是在弘治年间，为李梦阳何景明等人，后七子在嘉靖年间，为李攀龙王世贞等人。他们所生时代虽有先后，其主张复古却是完全一样的。

对于这复古的风气，揭了反叛的旗帜的，是公安派和竟陵派。公安派的主要人物是三袁，即袁宗道，袁宏道，袁中道三人，他们是万历朝的人物，约当西历十六世纪之末至十七世纪之初。因为他们是湖北公安县人，所以有了公安派的名称。他们的主张很简单，可以说和胡适之先生的主张差不多。所不同的，那时是十六世纪，利玛窦还没有来中国，所以缺乏西洋思想。假如从现代胡适之先生的主张里面减去他所受到的西洋的影响，科学、哲学、文学以及思想各方面的，那便是公安派的思想和主张了。而他们对于中国文学变迁的看法，较诸现代谈文学的人或者还更要清楚一点。理论和文章都很对很好，可惜他们的运气不好，到清朝他们的著作便都成为禁书了，他们的运动也给乾嘉学者所打倒了。

"独抒性灵，不拘格套"，这是公安派的主张。在袁中郎（宏道）《叙小修诗》内，他说道：

"……其间有佳处，亦有疵处。佳处自不必言，即疵亦多本色独造语。然予则极喜其疵处，而所谓佳者，尚不能不以粉饰蹈袭为恨，以为未能尽脱近代文人习气故也。

盖诗文至近代而卑极矣。文则必欲准于秦汉，诗则必欲准于盛唐。剿袭模拟，影响步趋。见人有一语不相肖者，则共指以为野狐外道。曾不知文准秦汉矣，秦汉人曷尝字字准六经欤。诗准盛唐矣，盛唐人曷尝字字学汉魏欤。秦汉而学六经，岂复有秦汉之文？盛唐而学汉魏，岂复有盛唐之诗？惟夫代有升降而法不相沿，各极其变，各穷其趣，所以可贵，原不可以优劣论也。

且夫天下之物，孤行则必不可无，必不可无虽欲废焉而不能。雷同则可以不有，可以不有则虽欲存焉而不能。……"

这些话，说得都很得要领，也很像近代人所讲的话。

在中郎为江进之的《雪涛阁集》所作序文内，说明了他对于文学变迁的见解：

"……夫古有古之诗，今有今之诗，袭古人语言之迹而冒以为古，是处严冬而袭夏之葛者也。骚之不袭雅也，雅之体穷于怨，不骚不足以寄也。后人有拟而为之者，终不肖也，何也？彼直求骚于骚之中也。至苏李述别，十九等篇，骚之音节体制皆变矣，然不谓之真骚不可也。……"

后面，他讲到文章的"法"——即现在之所谓"主义"或"体裁"：

"夫法因于敝而成于过者也：矫六朝骈丽饤饾之习者以流丽胜，饤饾者固流丽之因也，然其过在于轻纤，盛唐诸人以阔大矫之；已阔矣又因阔而生莽，是故续盛唐者，以情实矫之；已实矣，又因实而生俚，是故续中唐者以奇僻矫之。然奇则其境必狭，而僻则其务为不以根相胜。故诗之道至晚唐而益小。有宋欧苏辈出，大变晚习，于物无所不收，于法无所不有，于情无所不畅，于境无所不取。滔滔莽莽，有若江河。今之人徒见宋之不法唐，而不知宋因唐而有法者也。"

对于文学史这样看法，较诸说"中国文学在过去所走的全非正路，只有现在所走的道路才对"要高明得多。

批评江进之的诗，他用了"信腕信口，皆成律度"八个字。这八个字可说是诗言志派一向的主张，直到现在，还没有比这八个字说得更中肯的，就连胡适之先生的"八不主义"也不及这八个字说的更得要领。

因为他们是反对前后七子的复古运动的，所以他们极力地反对摹仿。在刚才所引中郎的《雪涛阁集序》内，有着这样的话：

"至以剿袭为复古，句比字拟，务为牵合，弃目前之景，摭腐滥之辞，有才者绌于法而不敢自伸其才，无才者拾一二浮泛之语，帮凑成诗。智者牵于习而愚者乐其易。一倡亿和，优人驺从，共谈雅道。吁，诗至此亦可羞哉！"

我们不能拿现在的眼光，批评他的"优人驺从，共谈雅道"为有封建意味，那是时代使然的。他的反对摹仿古人的见解实在很正确。摹仿可不用思想，因而他所说的这种流弊乃是当然的。近来各学校考试，每每以"董仲舒的思想"或"扬雄的思想"等作为国文题目，这也容易发生如袁中郎所说的这种毛病，使得能作文章的作来不得要领，不能作的更感到无处下笔。外国大学的入学试题，多半是"旅行的快乐"一类，而不是关于莎士比亚的戏曲一类的。中国，也应改变一下，照我想，如能以太阳或杨柳等作为作文题目，当比较合适一些，因为文学的造诣较深的人，可能作得出好文章来。

伯修（宗道）的见解较中郎稍差一些。在他的《白苏斋集》内的《论文》里边，他也提出了反对学古人的意见：

"今之圆领方袍，所以学古人之缀叶蔽皮也。今之五味煎熬，所以学古人之茹毛饮血也。何也？古人之意期于饱口腹蔽形体，今人之意亦期于饱口腹蔽形体，未尝异也。彼摘古人字句入己著作者，是无异缀皮叶于衣袂之中，投毛血于殽核之内也。大抵古人之文专期于达，而今人之文专期于不达。以不达学达，是可谓学古者乎？"（《论文》上）

"……有一派学问则酿出一种意见，有一种意见，则创出一般言语。言语无意见则虚浮，虚浮则雷同矣。故大喜者必绝倒，大哀者必号痛，大怒者必叫吼动地，发上指冠。惟戏场中人，心中本无可喜而欲强笑，亦无可哀而欲强哭，其势不得不假借模拟耳。今之文士，浮浮泛泛，原不曾的然做一项学问，叩其胸中亦茫然不曾具一丝意见，徒见古人有立言不朽之说，有能诗能文之名，亦欲搦管伸纸，入此行市，连篇累牍，图人称扬。夫以茫昧之胸而妄意鸿巨之裁，自非行乞左马之侧，募缘残溺，盗窃遗矢，安能写满卷帙乎？试将诸公一编，抹去古语陈句，几不免曳白矣。

……然其病源则不在模拟，而在无识。若使胸中的有所见，苟塞于中，将墨不暇研，笔不暇挥，兔起鹘落，犹恐或逸，况有闲力暇晷引用古人词句耶？故学者诚能从学生理，从理生文，虽驱之使模不可得矣。"（《论文》下）

这虽然一半讲笑话，一半挖苦人，其意见却很可取。

从这些文章里面，公安派对文学的主张，已可概见。对他们自己所作的文章，我们也可作一句总括的批评，便是："清新流丽"。他们的诗也都巧妙而易懂。他们不在文章里面摆架子，不讲治国平天下的大道理，只要看过前后七子的假古董，就可很容易看出他们的好处来。

不过，公安派后来的流弊也就因此而生，所作的文章都过于空疏浮滑，清楚而不深厚。好像一个水池，污浊了当然不行，但如清得一眼能看到池底，水草和鱼类一齐可以看清，也觉得没有意思。而公安派后来的毛病即在此。于是竟陵派又起而加以补救。竟陵派的主要人物是钟惺和谭元春，他们的文章很怪，里边有很多奇僻的词句，但其奇僻绝不是在摹仿左马，而只是任着他们自己的意思乱作的，其中有许多很好玩，有些则很难看得懂。另外的人物是倪元璐，刘侗诸人，倪的文章现在较不易看到，刘侗和于奕正合作的《帝京景物略》在现在可算是竟陵派唯一的代表作品，从中可看出竟陵派文学的特别处。

后来公安竟陵两派文学融合起来，产生了清初张岱（宗子）诸人的作品，其中如《琅嬛文集》等，都非常奇妙。《琅嬛文集》现在不易买到，可买到的有《西湖梦寻》和《陶庵梦忆》两书，里边通有些很好的文章。这也可以说是两派结合后的大成绩。

那一次的文学运动，和民国以来的这次文学革命运动，很有些相像的地方。两次的主张和趋势，几乎都很相同。更奇怪的是，有许多作品也都很相似。胡适之、冰心和徐志摩的作品，很像公安派的，清新透明而味道不甚深厚。好像一个水晶球样，虽是晶莹好看，但仔细地看许多时就觉得没有多少意思了。和竟陵派相似的是俞平伯和废名两人，他们的作品有时很难懂，而这难懂却正是他们的好处。同样用白话写文章，他们所写出来的，却另是一样，不像透明的水晶球，要看懂必须费些功夫才行。然而更奇怪的是俞平伯和废名并不读竟陵派的书籍，他们的相似完全是无意中的巧合。从此，也更可见出明末和现今两次文学运动的趋向是怎样的相同了。

第三讲　清代文学的反动（上）——八股文

清代文学总览

八股文的来源

八股文的作法及各种限制

试帖诗和诗钟

八股文所激起的反动

以袁中郎作为代表的公安派，其在文学上的势力，直继续至清朝的康熙时代。集公安竟陵两派之大成的，上次已经说过，是张岱，张岱便是明末清初的人。另外还有金圣叹_喟、李笠翁_渔、郑燮、金农、袁枚诸人。金圣叹的思想很好，他的文学批评很有新的意见，这在他所批点的《西厢》《水浒》等书上全可看得出来。他留下来的文章并不多，但从他所作的两篇《水浒传》的序文中，也可以看得出他的主张来的，他能将《水浒》、《西厢》和《左传》、《史记》同样当作文学书看，不将前者认为诲淫诲盗的东西，这在当时实在是一件很不容易的事。李笠翁所著有《笠翁一家言》，其中对于文学的见解和人生的见解也都很好。他们都是康熙时代的人。其后便成了强弩之末，到袁枚时候，这运动便结束了。

　　大约从一七〇〇年起始，到一九〇〇年止，在这期间，文学的方向和以前又恰恰相反，但民国以来的文学运动，却又是这反动力量所激起的反动。我们可以这样说：明末的文学，是现在这次文学运动的来源；而清代的文学，则是这次文学运动的原因。不看清楚清代的文学情形，则新文学运动所以起来的原因也将弄不清楚，要说明也便没有依据。我常提议各校国文系的学生，应该研究八股文，也曾作过一篇《论八股文》见本书附录，说明为什么应该研究它。这项提议，看来似乎是在讲笑话，而其实倒是正经话，是因为八股文和现代文学有着很大的关系之故。

　　清代的文艺学问情形，在梁任公先生的《清代学术概论》中说得很详尽了，我们不必多说。但今为便利计，姑归纳为下列几种：

　　一，宋学（也可称哲学或玄学）

　　二，汉学（包括语言学和历史）

三，文学

（1）明末文学的余波——至袁枚为止。

（2）骈文（文选派）

（3）散文（古文，以桐城派为代表。）

四，制艺（八股）

在清代，每个从事于学问的人，总得在这些当中选择一两种去研究。但无论研究那一种，八股文是人人所必须学的。清代的宋学无可取，汉学和文学没多大关系，文学里明末文学运动的余波已逐渐衰微下去，而这时期的骈体文也只是剽拟模仿，更不能形成一种力量。余下的便只有散文和八股了。

关于八股文的各方面，我们所知道的很少，怕不能扼要地讲得出来。可供参考的书籍也很少，能找到的只有梁章钜的《制艺丛话》，在里边可以找到许多好的材料，此外更无第二部。刘熙载的《艺概》末卷也是讲制艺的，只是所讲全是些空洞的话，并没有具体的例证。但我们对八股文如不晓得是怎么一回事，则对旧文学里面的好些地方全都难以明了，于此，也只得略加说明：

所谓制艺，是指自宋以来考试的文章而言。在唐时考试用诗；宋时改为经义，即从四书或五经内出一题目，由考的人作一段文章，其形式全与散文相同；到明代便有了定型：文章的起首是破题，其次是承题，再次是起讲，后面共有八股，每两股作为一段，此平彼仄，两两相对，成为这样的形式：

$$\begin{cases} 甲\ \ 乙\ \ 丙\ \ 丁 \\ 甲'\ 乙'\ 丙'\ 丁' \end{cases}$$

下面再有一段作为结尾。这便是所谓八股文。到明末清初时候，更加多了许多限制，不但有一定的形式，且须有一定的格调。这样，越来便越麻烦了。

现在将清代各种文学，就其在形式和内容两方面的差别，另画作这样的一张表：

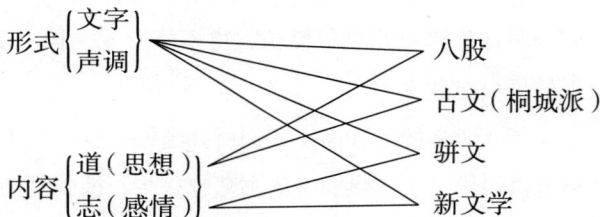

这里边，八股文是以形式为主，而以发挥圣贤之道为内容的。桐城派的古文是以形式和思想平重的。骈文的出发点为感情，而也是稍偏于形式方面。以感情和形式平重的，则是这时期以后的新文学。就中，八股文和桐城派的古文很相近，早也有人说过，桐城派是以散文作八股的。骈文和新文学，同以感情为出发点，所以二者也很相近，其不同处是骈文太趋重于形式方面。后来反对桐城派和八股文，可走的路径，从这表上也可以看得出来，不走向骈文的路便走向新文学的路。而骈文在清代

的势力，如前面所说，本极微弱，于是便只有走向新文学这方面了。

为什么会有八股文这东西起来呢？据我想这与汉字是有特别关系的。汉字在世界上算是最特别的一种，它有平仄而且有偏旁，于是便可找些合适的字使之两两互对起来。例如"红花"可用"绿叶"作对，若用"黄叶"或"青枝"等去对，即使小学生也知其不合适，因为"红花"和"绿叶"，不但所代表的颜色和物件正好相对，字的平仄也是正对的，而且红绿二字还都带有"纟"旁，其它的"青枝""黄叶"等便不足这些条件了。

从前有人路过一家养马的门口，见所贴门联的一幅是"左手牵来千里马"，觉得很好，但及至看到下幅，乃是"右手牵来千里驹"，又觉得很不好了。这在卖马的人只是表示他心中的愿望，然而看门联的人则以为应当对得很精巧才成，仿佛"千"定要对"万"或"手"定要对"足"才是。

这样子，由对字而到门联，由门联而到挽联，而到很长的挽联，便和八股文很接近了。

中国打"灯谜"的事也是世界各国所没有的，在中国各地方各界却都很普遍。譬如"人人尽道看花回"，打四书一句："言游过矣"，又如"传语报平安"打"言不必信"等等，意思尽管是牵强附会，但倒转过来，再变化得较高级一些，便成为八股中破题的把戏，因此，我觉得八股文之所以造成，大部分是由于民间的风气使然，并不是专因为某个皇帝特别提倡的缘故。

关于破题有很多笑话，但虽是笑话，其作法却和正经的破题完全相同。据说有人作文章很快，于是别人出题目要他作，而只准他以四个字作为破题。题目是"君命召不俟驾行矣"，他的破题是"君请，度（踱）之"。又如有人以极通俗的话作破题解释"三十而立"说："两当十五之年，虽有椅子板凳而不敢坐也。"另外要举一正经的例子：题目是"子曰"，有人的破题是"匹夫而为百世师，一言而为天下法"。这是明代人所作的，那时候这样的破题还可以，到清代则破题的结尾一定要用一虚字才行。

从这些例子看来，便很可以明白，低级的灯谜，和高级的破题，原是同一种道理生出来的。

"破题"之后是"承题"，承题的起首必须得用一"夫"字，例如，要接着前面所举"三十而立"的破题作下去，其承题的起首一定是"夫椅子板凳所以坐者也……"一类的话头。

总之，作文章的人，处处都受有限制，必须得模仿当时圣贤说话的意思，又必须遵守形式方面的种种条规。作一篇文章消磨很多的时间，作成之后却毫没价值。

然而前面所举的还都是些普通的题目，还较为简单易作，其更难的是所谓"截搭题"，即由四书上相邻的两章或两句中，各截取一小部分，凑合而为一个题目。例如从"三十而立，四十而不惑"两句当中，可截取"而立四十"作题。这种题目有很多凑得非常奇怪的，如"活昏"，本是"民非水火不生活"的末一字和"昏夜叩人之门户"的首一字，毫无关系，然而竟凑为一个题目。遇到此类题目，必须用一种所谓"渡法"，将上半截的意思渡到下半截去。在《制艺丛话》中，有一个很巧妙的例子，题目是"以杖叩其胫阙党童子"，这是原壤夷俟章的末句和阙党童子将命章的前半句，意思当然不相连接，然而有人渡得很妙：

"一杖而原壤痛，再杖而原壤哭，三杖而原壤死矣，一阵清风而原壤化为阙党童子矣。"

作八股文不许连上，不许犯下，不许骂题漏题，这篇文章全没违犯这些规则，而又将题中不相干的两种意思能渡在一起，所以算最好。

八股文中的声调也是一件很主要的成分。这大概是和中国的戏剧有关系的事。中国的歌曲早已失传，或者现在一般妓女所唱的小曲还有些仿佛吧，然而在民间已不通行。大多数国民的娱乐，只是在于戏剧方面。现在各学校所常举行的游艺会欢迎会之类，在余兴一项内也大半都是唱些旧剧，老百姓在种地的时候，或走路害怕的时候，也都好唱几句皮簧之类，由此可见一般人对于戏剧的注意点是在于剧词的腔调方面。当我初到北京时是在光绪三十年顷，在戏院里见有许多当时的王公们，都脸朝侧面而不朝戏台，后来才知道这是因为他们所注意的只是唱者的音调如何，而不在于他们的表演怎样。西皮二簧甚至昆曲的词句，大半都作得不好，不通顺，然而他们是不管那些的，正如我们听西洋戏片，多半是只管音调而不管意思的。这在八股文内，也造成了同样的情形，只要调子好，规矩不错，有时一点意思也没有，都可以的。从下面的两股文章内，便可看出这种毛病来：

"天地乃宇宙之乾坤，吾心实中怀之在抱，久矣夫千百年来已非一日矣，溯往事以追维，曷勿考记载而诵诗书之典要。

元后即帝王之天子，苍生乃百姓之黎元，庶矣哉亿兆民中已非一人矣，思入时而用世，曷勿瞻黼座而登廊庙之朝廷。"

这是八股中的两中股，在这两股中，各句子里起首和煞尾的字，其平仄都很对，所以，其中的意思虽是使人莫明其妙，文章也尽管不通，只因调子好，就可算是很好的"中式"文字。

上面所举的各种例子，游戏的地方太多，也许八股文中所有的特别的地方还看不清楚，于此，再举一个正经的例子：

父母惟其疾之忧章日价

"罔极之深思未报，而又徒遗留不肖之肢体，贻父母以半生莫殚之愁。

百年之岁月几何，而忍吾亲以有限之精神，更消磨于生我劬劳之后。"

这是八股中的后两股，其声调和句子，作得都很好，文字虽也平常，对题中的意思却发挥得很透澈，所以这算是八股中之最上等的。作不好的即成为前面所举"天地乃宇宙之乾坤"一类的。

我以前在《论八股文》中也曾举例说明过，凡是从前考试落第的人，只须再用功多读，将调子不同的文章，读上一百来篇，好像我们读乐谱样，读到烂熟，再考时就可从中选一合适的调子，将文章填入，自然也就可以成功了。鲁迅在《朝华夕拾》内说到三味书屋里教书的老先生读文时摇头摆脑的神情，是事实，而且很有道理在里边的：假使单是读而不摇头，则文字中的音乐分子便有时领略不出来，等自己作时，也便很难将音调捉摸得好了。

和八股文相连的有试帖诗。唐代的律诗本只八句，共四韵，后来加多为六韵，更后成为八韵。在清朝，考试的人都用作八股文的方法去作诗，于是律诗完全八股化而成为所谓"试帖"。在徐宝善的《壶园试帖》里面，有一首题目为"王猛扪虱"，我们可从中抄出几句作例：

建业蜂屯扰，成都蚁战酣，

中原披褐顾，余子处裈惭，

汤沐奚烦具，爬搔尽许探，

搜将虮蚤细，劙向齿牙甘。

这首诗，因为题目好玩，作者有才能，所以能将王猛的精神，王猛的身份，和那时代的一般情形，都写在里面，而且风趣也很好。不过这也只是一种细工而已，算不得真正文学。

这种诗的作法，是和作诗钟的方法有很大的关系的。诗钟是每两句单独作，譬如清朝道光时代的一位文人秦云，曾以"蜡、芥"为题目，作过这样的两句：

嚼来世事真无味，

拾得功名尽有人。

这看来好像很感慨，但这感慨并不是诗人自己的牢骚，而是从题目里面生出来的。诗钟作到这样，算是比较成功的了，但和真文学相去则很远。而所谓试帖诗，从前面的例上可以看出，就是应用这样的方法作成的。即八股文的作法，也和这作诗钟的方法很有关系。

总括起来，八股文和试帖诗都一样，其来源：一为朝廷的考试，一为汉字的特别形状，而另一则为中国的戏剧。其时代可以说自宋朝即已开始，无非到清朝才集其大成罢了。

言志派的文学，可以换一名称，叫做"即兴的文学"，载道派的文学，也可以换一名称，叫做"赋得的文学"。古今来有名的文学作品，通是"即兴文学"。例如《诗经》上没有题目，《庄子》也原无篇名，他们都是先有意思，想到就写下来，写好后再从文字里将题目抽出的。"赋得的文学"是先有题目然后再按题作文。自己想出的题目，作时还比较容易，考试所出的题目便有很多的限制，自己的意见不能说，必须揣摩题目中的意思，如题目是孔子的话，则须跟着题目发挥些圣贤道理，如题目为阳货的话，则又非跟着题目骂孔子不可。正如刘熙载所说的，"未作破题，文章由我；既生破题，我由文章"。只要遵照各种规则，写得精密巧妙，即成为"中式"的文章。其意义之有无，倒可不管。我们现在作文章有如走路，在前作八股文则如走索子。走路时可以随便，而走索子则非按照先生所教的方法不可，否则定要摔下来。不但规矩，八股文的字数也都有一定，在顺治初年，定为四百五十字算满篇，康熙时改为五百五十，后又改为六百。字数在三百以内不及格，若多至六七百以上也同样不及格。总之，这种有定制的文章，使得作者完全失去其自由，妨碍了真正文学的产生，也给了中国社会许多很坏的影响，至今还不能完全去掉。正如吴稚晖所说，土八股虽然没有了，接着又有了洋八股，现在则又有了党八股。譬如现在要考什么，与考的人不必有专门研究，不懂题目也可以按照题目的意思敷衍成一段文章，使之有头尾，这便是八股文的方法。

规则那样麻烦，流弊那样多，其引起反对乃是当然的。而且不仅在清末，在其先已经就有起而反对的人了。最先的是傅青主山和徐灵胎大椿二人，他们都是有名的医生，都曾作过骂八股的文字。在徐灵胎的《洄溪道情》里面，有一首曲子叫"时文叹"，其词是：

"读书人，最不济。烂时文，烂如泥。国家本为求才计，谁知道变作了欺人计。三句承题，两句破题，摆尾摇头，便是圣门高弟，可知道三通四史是何等文章，汉祖唐宗是那朝皇帝？案头放高头讲章，店里买新科利器。读得来肩背高低，口角嘘唏。甘蔗渣儿嚼了又嚼，有何滋味？辜负光阴，白白昏迷一世！就教他骗得高官，也是百姓朝廷的晦气。"

当然这是算不得文学的，但却可以代表当时一部分人的意见，所以也算是一篇与文学史有关系的东西。

清代自洪杨乱后，反对八股文的势力即在发动。到清末，凡是思想清楚些的，都感觉到这个问题。当时，政治方面的人物，都受了维新思想的传染，以为八股文太没用处。研究学问的人则以为八股文太空疏。因而一般以八股文出身的人们，也都起而反对了。力量最大关系最多的，是康有为梁任公诸人。不过那时候所作到的只是在政治方面的成功，只使得考试时不再用八股而用策论罢了。而在社会上的思想方面，文学方面，都还没有多大的改变，直到陈独秀胡适之等人正式地提出了文学革命的口号，而文学运动上才又出现了一支生力军。

现下文学界的人们，很少曾经作过八股文的，因而对于八股文的整个东西，都不甚了然。现在只能将它和新文学运动有关系的地方略略说及，实不容易说得更具体些。整篇的八股文字，如引用起来，太长，太无聊，大家可自己去查查看。以后如有对此感到兴趣的人，可将这东西作一番系统的研究，整理出一个端绪来，则其在中国文学上的价值和关系，自可看得更清楚了。

第四讲　清代文学的反动（下）——桐城派古文

如上次所说，在十八九两世纪的中国，文学方面是八股文与桐城派古文的时代。所以能激动起清末和民国初年的文学革命运动，桐城派古文也和八股文有相等的力量在内。

桐城派的首领是方苞和姚鼐，所以称之为桐城派

周作人作品

者，是因他们通是安徽桐城县人。关于桐城派的文献可看《方望溪集》和《姚惜抱集》，该派的重要主张和重要文字，通可在这两部书内找到。此外便当可用的还有一本叫做《桐城文派述评》的小书。吴汝纶和严复的文章也可以一看，因为他们是桐城派结尾的人物。另外也还有些人，但并不重要，现在且可不必去看。

桐城派自己所讲的系统是这样子的：

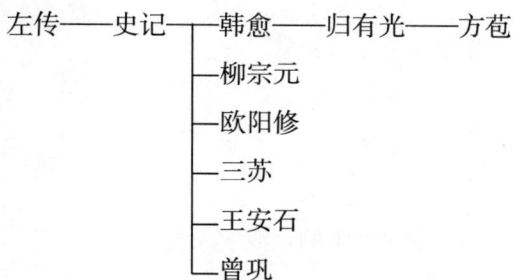

左传——史记——韩愈——归有光——方苞
　　　　　　├柳宗元
　　　　　　├欧阳修
　　　　　　├三苏
　　　　　　├王安石
　　　　　　└曾巩

从此可以看得出，他们还是承接着唐宋八大家的系统下来的：上承左马，而以唐朝的韩愈为主，将明代的归有光加入，再下来就是方苞。不过在他们和唐宋八大家之间，也有很不相同的地方：唐宋八大家虽主张"文以载道"，但其着重点犹在于古文方面，只不过想将所谓"道"这东西收进文章里去作为内容罢了，所以他们还只是文人。桐城派诸人则不仅是文人，而且也兼作了"道学家"。他们以为韩愈的文章总算可以了，然而他在义理方面的造就却不深；程朱的理学总算可以了，然而他们所做的文章却不好。于是想将这两方面的所长合而为一，因而有"学行继程朱之后，文章在韩欧之间"的志愿。他们以为"文即是道"，二者并不可分离，这样的主张和八股文是很接近的。而且方苞也就是一位很好的八股文作家。

关于清代学术方面的情形，在前我们曾说到过，大体是成这种形势：

一，宋学（哲学或玄学）

二，汉学 $\begin{cases} 语言 \\ 历史 \end{cases}$

三，文学

　　（1）明末文学的余波

　　（2）骈文（文选派）

　　（3）散文（古文，以桐城派为代表。）

四，制艺

按道理说，桐城派是应归属于文学中之古文方面的，而他们自己却不以为如此。照他们的说法，应该改为这样的情形：

1. 义理——宋学
2. 考据——汉学
3. 词章 { 诗词 / 骈文 / 古文 } 桐城派
4. 制艺

　　他们不自认是文学家，而是集义理，考据，词章三方面之大成的。本来自唐宋八大家主张"文以载道"而后，古文和义理便渐渐离不开，而汉学在清代特占势力，所以他们也自以懂得汉学相标榜。实际上方姚对于考据之学却是所知有限得很。

　　他们主张"学行继程朱之后"，并不是处处要和程朱一样，而是以为：只要文章作得好，则"道"也即跟着好起来，这便是学行方面的成功。今人赵震大约也是一位桐城派的文人，在他所编的《方姚文》的序文中，曾将这意思说得很明白，他说：

　　"……然则古文之应用何在？曰：'将以为为学之具，薪至乎知言知道之君子而已。'人之为学，大率因文以见道，而能文与不能文者，其感觉之敏钝，领会之多寡，盖相去悬绝矣。……"

　　另外，曾国藩有一段话也能对这意见加以说明，他在《示直隶学子文》内，论及怎样研究学问，曾说道：

"苟通义理之学，而经济该乎其中矣。……然后求先儒所谓考据者，使吾之所见证诸古制而不谬；然后求所谓词章者，使吾之所获达诸笔札而不差。……"

因为曾国藩是一位政治家，觉得单是讲些空洞的道理不够用，所以又添了一种"经济"进去，而主张将四种东西——即义理，考据，词章，经济——打在一起。

从这两段文字中，当可以看得出他们一贯的主张来，即所作虽为词章，所讲乃是义理。因此他们便是多方面的人而不只是文学家了。

以上是桐城派在思想方面的主张。

在文词方面，他们还提出了所谓"桐城义法"。所谓义法，在他们虽看得很重，在我们看来却并不是一种深奥不测的东西，只是一种修词学而已。将他们所说的归并起来，大抵可分为以下两条：

第一，文章必须"有关圣道"——方苞说："非阐道翼教，有关人伦风化不苟作。"姚鼐也说过同样的话，以为如"不能发明经义不可轻述"。所以凡是文章必须要"明道义，维风俗"。其实，这也和韩愈等人文以载道的主张一样，并没有更高明的道理在内。

此外他们所提出的几点，如文章要学左史，要以韩欧为法，都很琐碎而没有条理。比较可作代表的是沈廷芳《书方望溪先生传后》中的一段话：

"……南宋元明以来，古文义法不讲久矣。吴越间遗老尤放恣：或杂小说，或沿翰林旧体，无雅洁者。古文中不可录：语录中语，魏晋六朝人藻丽俳语，汉赋中板重字法，诗歌中隽语，南北史佻巧语。"

将其中的意见归纳起来，也可勉强算作他们的义法之一，便是：

第二，文要雅正。

另外还有一种莫明其妙的东西，为现在的桐城派文人也说不明白的，是他们主张文章内要有"神理气味，格律声色"八种东西。

姚鼐《古文辞类纂序目》：

"凡文之体类十三，而所以为文者八：曰'神理气味，格律声色'。神理气味者文之精也，格律声色者文之粗也。……"

"理"是义理，即我们之所谓"道"；"声"是节奏，是文章中的音乐分子；"色"是色采，是文章的美丽。这些，我们还可以懂得。但神、气、味、律等，意义就十分渺茫，使人很难领会得出。林纾的《春觉斋论文》，可说是一本桐城派作文的经验谈，而对于这几种东西，也没有说得清楚。

不管他们的主张如何，他们所作出的东西，也仍是唐宋八大家的古文。并且，越是按照他们的主张作出的，越是作得不好。《方姚文》中所选的一些，是他们自己认为最好，可以算作代表作的，但其好处何在，我们却看不出来。不过，和明代前后七子的假古董相比，我以为桐城派倒有可取处的。至少他们的文章比较那些假古董为通顺，有几篇还带些文学意味。而且平淡简单，含蓄而有余味，在这些地方，桐城派的文章，有时比唐宋八大家的还好。虽是如此，我们对他们的思想和所谓"义法"，却始终是不能赞成，而他们的文章统系也终和八股文最相近。

假如说姚鼐是桐城派定鼎的皇帝，那么曾国藩可说是桐城派中兴的明主。在大体上，虽则曾国藩还是依据着桐城派的纲领，但他又加添了政治经济两类进去，而且对孔孟的观点，对文章的观点，也都较为进步。姚鼐的《古文辞类纂》和曾国藩的《经史百家杂钞》二者有极大的不同之点：姚鼐不以经书作文学看，所以《古文辞类纂》内没有经书上的文字；曾国藩则将经中文字选入《经史百家杂钞》之内，他已将经书当作文学看了。所以，虽则曾国藩不及金圣叹大胆，而因为他较为开通，对文学较多了解，桐城派的思想到他便已改了模样。其后，到吴汝纶、严复、林纾诸人起来，一方面介绍西洋文学，一方面介绍科学思想，于是经曾国藩放大范围后的桐城派，慢慢便与新要兴起的文学接近起来了。后来参加新文学运动的，如胡适之、陈独秀、梁任公诸人，都受过他们的影响很大。所以我们可以说，今次文学运动的开端，实际还是被桐城派中的人物引起来的。

但他们所以跟不上潮流，所以在新文学运动正式作起时，又都退缩回去而变为反动势力者，是因为他们介绍新思想的观念根本错误之故。在严译的《天演论》内，有吴汝纶所作的一篇很奇怪的序文，他不看重天演的思想，他以为西洋的赫胥黎未必及得中国的周秦诸子，只因严复用周秦诸子的笔法译出，因文近乎"道"，所以思想也就近乎"道"了。如此，《天演论》是因为译文而才有了价值。这便是当时所谓"老新党"的看法。

林纾译小说的功劳算最大，时间也最早，但其态度也非常之不正确。他译司各特（Scott）狄更司（Dickens）诸人的作品，其理由不是因为他们的小说有价值，而是因为他们的笔法有些地方和太史公相像，有些地方和韩愈相像，太史公的《史记》和韩愈的文章既都有价值，所以他们的也都有价值了。这样，他的译述工作，虽则一方面打破了中国人的西洋无学问的旧见，一方面也可打破了桐城派的"古文之体忌小说"的主张，而其根本思想却仍是和新文学不相同的。

他们的基本观念是"载道"，新文学的基本观念是"言志"，二者根本上是立于反对地位的。所以，虽则接近了一次，而终于不能调和。于是，在袁世凯作皇帝时，严复成为筹安会的六君子之一，后来写信给人也很带复辟党人气味；而林纾在民国七八年时，也一变而为反对文学革命运动的主要人物了。

另外和新文学运动有关系的是汉学家。汉学家和新文学本很少发生关系的可能，但他们和明末的文学却有关系。如我们前次所讲，明末的新文学运动一直继续到清代初年。在历史上可以明明白白看出来的，是汉学家章实斋在《文史通义》内《妇学》一篇中大骂袁枚，到这时公安竟陵两派的文学便告了结束。然而最奇怪的事情是他们在汉学家的手里死去，后来却又在汉学家的手里复活了过来。在晚清，也是一位汉学家，俞曲园樾先生，他研究汉学也兼弄词章——虽则他这方面的成绩并不好。在他的《春在堂全集》中，有许多游戏小品，《小浮梅闲话》则全是讲小说的文字，这是在同时代的别人的集子中所没有的。他的态度和清初的李笠翁，金圣叹差不多，也是将小说当作文学看。当时有一位白玉昆作过一部《三侠五义》，他竟加以修改，改为《七侠五义》而刻印了出来，这更是一件像金圣叹所作的事情。在一篇《曲园戏墨》中，他将许多字作成种种形像，如将"曲园拜上"四字画作一个人跪拜的姿势等，这又大似李笠翁《闲情偶寄》中的风趣了。所以他是以一个汉学家而走向公安派竟陵派的路子的。

从这里我们可以看出，在清代晚年已经有对于八股文和桐城派的反动倾向了。只是那时候的几个人，都是在无意识中作着这件工作。来到民国，胡适之，陈独秀，梁任公诸人，才很明了地意识到这件事而正式提出文学革命的旗帜来。在《北斗》杂志上载有鲁迅一句话："由革命文学到遵命文学"，意思是：以前是谈革命文学，以后怕要成为遵命文学了。这句话说得颇对，我认为凡是载道的文学，都得算作遵命文学，无论其为清代的八股，或桐城派的文章，通是。对这种遵命文学所起的反动，当然是不遵命的革命文学。于是产生了胡适之的所谓"八不主义"，也即是公安派的所谓"独抒性灵，不拘格套"和"信腕信口，皆成律度"的主张的复活。所以，今次的文学运动，和明末的一次，其根本方向是相同的。其差异点无非因为中间隔了几百年的时光，以前公安派的思想是儒家思想，道家思想加外来的佛教思想三者的混合物，而现在的思想则又于此三者之外，更加多一种新近输入的科学思想罢了。

第五讲　文学革命运动

清末文学方面的情形，就是前两次所讲到的那样子，现在再加一总括的叙述：

第一，八股文在政治方面已被打倒，考试时已经不再作八股文而改作策论了。其在社会方面，影响却依旧很大，甚至，直到现在还没有完全消失。

第二，在乾隆嘉庆两朝达到全盛时期的汉学，到清末的俞曲园也起了变化，他不但弄词章，而且弄小说，而且在《春在堂全集》中的文字，有的像李笠翁，有的像金圣叹，有的像郑板桥和袁子才。于是，被章实斋骂倒的公安派，又得以复活在汉学家的手里。

第三，主张文道混合的桐城派，这时也起了变化，严复出而译述西洋的科学和哲学方面的著作，林纾则译述文学方面的。虽则严复的译文被章太炎先生骂为有八股调；林纾译述的动机是在于西洋文学有时和《左传》《史记》中的笔法相合；然而在其思想和态度方面，总已有了不少的改变。

第四，这时候的民间小说，比较低级的东西，也在照旧发达。其作品有《孽海花》等。

受了桐城派的影响，在这变动局面中演了一个主要角色的是梁任公。他是一位研究经学而在文章方面是喜欢桐城派的。当时他所主编的刊物，先后有《时务报》《新民丛报》《清议报》和《新小说》等等，在那时的影响都很大。不过，他是从政治方面起来的，他所最注意的是政治的改革，因而他和文学运动的关系也较为异样。

自从甲午年（1894）中国败于日本之后，中间经过了戊戌政变（1898），以至于庚子年的八国联军（1900），这几年间是清代政治上起大变动的开始时期。

梁任公是戊戌政变的主要人物，他从事于政治的改革运动，也注意到思想和文学方面。在《新民丛报》内有很多的文学作品。不过那些作品都不是正路的文学，而是来自偏路的，和林纾所译的小说不同。他是想藉文学的感化力作手段，而达到其改良中国政治和中国社会的目的的。这意见，在他的一篇很有名的文章《论小说与群治之关系》中可以看出。因此他所刊载的小说多是些"政治小说"，如讲匈牙利和希腊的政治改革的小说《经国美谈》等是。《新小说》内所登载的，比较价值大些，但也都是以改良社会为目标的，如科学小说《海底旅行》，政治小说《新罗马传奇》、《新中国未来记》和其它的侦探小说之类。这是他在文学运动以前的工作。

梁任公的文章是融和了唐宋八大家，桐城派，和李笠翁，金圣叹为一起，而又从中翻陈出新的。这也可算他的特别工作之一。在我年小时候，也受了他的非常大的影响，读他的《饮冰室文集》、《自由书》、《中国魂》等书，都非常有兴趣。他的文章，如他自己在《清代学术概论》中所讲，是"笔锋常带情感"，因而影响社会的力量更加大。

他曾作过一篇《罗兰夫人传》。在那篇传文中，他将法国革命后欧洲所起的大变化，都归功于罗兰夫人身上。其中有几句是：

"罗兰夫人何人也？彼拿破仑之母也，彼梅特涅之母也。彼玛志黎，噶苏士，俾士麦，加富尔之母也……"

因这几句话，竟使后来一位投考的人，在论到拿破仑时颇惊异于拿破仑和梅特涅既属一母所生之兄弟何以又有那样不同的性格。从这段笑话中，也可见得他给予社会上的影响是如何之大了。

就这样，他以改革政治改革社会为目的，而影响所及，也给予文学革命运动以很大的助力。

在这时候，曾有一种白话文字出现，如《白话报》，白话丛书等，不过和现在的白话文不同，那不是白话文学，而只是因为想要变法，要使一般国民都认识些文字，看看报纸，对国家政治都可明了一点，所以认为用白话写文章可得到较大的效力。因此，我以为那时候的白话和现在的白话文有两点不相同：

第一，现在的白话文，是"话怎样说便怎样写"。那时候却是由八股缚白话，有一本《女诫注释》，是那时候的白话丛书之一，序文的起头是这样：

"梅侣做成了《女诫》的注释，请吴芙做序，吴芙就提起笔来写道，从古以来，女人有名气的极多，要算曹大家第一，曹大家是女人当中的孔夫子，《女诫》是女人最要紧念的书……"

又后序云：

"华留芳女史看完了裘梅侣做的曹大家《女诫注

释》，叹一口气说道，唉，我如今想起中国的女子，真没有再比他可怜的了……"

这仍然是古文里的格调，可见那时的白话，是作者用古文想出之后，又缯作白话写出来的。

第二，是态度的不同——现在我们作文的态度是一元的，就是：无论对什么人，作什么事，无论是著书或随便的写一张字条儿，一律都用白话。而以前的态度则是二元的：不是凡文字都用白话写，只是为一般没有学识的平民和工人才写白话。因为那时候的目的是改造政治，如一切东西都用古文，则一般人对报纸仍看不懂，对政府的命令也仍将不知是怎么一回事，所以只好用白话。但如写正经的文章或著书时，当然还是作古文的。因而我们可以说，在那时候，古文是为"老爷"用的，白话是为"听差"用的。

总之，那时候的白话，是出自政治方面的需求，只是戊戌政变的余波之一，和后来的白话文可说是没有多大关系的。

不过那时候的白话作品，也给了我们一种好处：使我们看出了古文之无聊。同样的东西，若用古文写，因其形式可作掩饰，还不易看清它的缺陷，但用白话一写，即显得空空洞洞没有内容了。

这样看来，自甲午战后，不但中国的政治上发生了极大的变动，即在文学方面，也正在时时动摇，处处变化，正好像是上一个时代的结尾，下一个时代的开端。新的时代所以还不能即时产生者，则是如《三国演义》上所说的"万事齐备，只欠东风"。

所谓"东风"在这里却正应改作"西风"，即是西洋的科学，哲学，和文学各方面的思想。到民国初年，那些东西已渐渐输入得很多，于是而文学革命的主张便正式地提出来了。

民国四五年间，有一种《青年杂志》发行出来，编辑者为陈独秀，这杂志的性质是和后来商务印书馆的《学生杂志》差不多的，后来，又改名为"新青年"。及至蔡子民作了北大校长，他请陈独秀作了文科学长，但《新青年》杂志仍由陈编辑，这是民国六年的事。其时胡适之尚在美国，他由美国向《新青年》投稿，便提出了文学革命的意见。但那时的意见还很简单，只是想将文体改变一下，不用文言而用白话，别的再没有高深的道理。当时他们的文章也还都是用文言作的。其后钱玄同刘半农参加进去，"文学运动""白话文学"等等旗帜口号才明显地提了出来。接着又有了胡适之的"八不主义"，也即是复活了明末公安派的"独抒性灵，不拘格套"和"信腕信口，皆成律度"的主张。只不过又加多了西洋的科学哲学各方面的思想，遂使两次运动多少有些不同了，而在根本方向上，则仍无多大差异处——这是我们已经屡次讲到的了。

对此次文学革命运动起而反对的，是前次已经讲过的严复和林纾等人。西洋的科学哲学和文学，本是由于他们的介绍才得输入中国的，而参加文学革命运动的人们，也大都受过他们的影响。当时林译的小说，由最早的《茶花女遗事》到后来的《十字军英雄记》和《黑太子南征录》，我就没有不读过的。那么，他们为什么又反动起来呢？那是他们有载道的观念之故。严林都十分聪明，他们看出了文学运动的危险将不限于文学方面的改革，其结果势非使儒教思想根本动摇不可。所以怕极了便出而反对。林纾有一封很长的信，致蔡孑民先生，登在当时的《公言报》上，在那封信上他说明了这次文学运动将使中国人不能读中国古书，将使中国的伦常道德一齐动摇等危险，而为之担忧。

关于这次运动的情形，没有详细讲述的必要，大家翻看一下《独秀文存》和《胡适文存》，便可看得出他们所主张的是什么。钱玄同和刘半农先生的文章没有收集印行，但在《新文学评论》_{王世栋编，新文化书社出版}内可以找到，这是最便当的一部书，所有当时关于文学革命这问题的重要文章，主张改革和反对改革的两方面的论战文字，通都收进里面去了。

我已屡次地说过，今次的文学运动，其根本方向和明末的文学运动完全相同，对此，我觉得还须加以解释：

有人疑惑：今次的文学革命运动者主张用白话，明末的文学运动者并没有如此的主张，他们的文章依旧是用古文写作，何以二者会相同呢？我以为：现在的用白话的主张也只是从明末诸人的主张内生出来的。这意见和胡适之先生的有些不同。胡先生以为所以要用白话的理由是：

（1）文学向来是向着白话的路子走的，只因有许多障碍，所以直到现在才入了正轨，以后即永远如此。

（2）古文是死文字，白话是活的。

对于他的理由中的第（1）项，在第二讲中我已经说过：我的意见是以为中国的文学一向并没有一定的目标和方向，有如一条河，只要遇到阻力，其水流的方向即起变化，再遇到即再变。所以，如有人以为诗言志太无聊，则文学即转入"载道"的路，如再有人以为"载道"太无聊，则即再转而入于"言志"的路。现在虽是白话，虽是走着言志的路子，以后也仍然要有变化，虽则未必再变得如唐宋八家或桐城派相同，却许是必得对于人生和社会有好处的才行，而这样则又是"载道"的了。

对于其理由中的第（2）项，我以为古文和白话并没有严格的界限，因此死活也难分。几年前，曾有过一桩笑话：那时章士钊以为古文比白话文好，于是以"二桃杀三士"为例，他说这句话要用白话写出则必变为

"两个桃子，害死了三个读书人"，岂不太麻烦么？在这里，首先他是将"三士"讲错了："二桃杀三士"为诸葛亮《梁父吟》中的一句，其来源是《晏子春秋》里边所讲的一段故事，三士所指原系三位游侠之士，并非"三个读书人"。其次，我以为这句话就是白话而不是古文。例如在我们讲话时说"二桃"就可以，不一定要说"两个桃子"，"三士"亦然。杀字更不能说是古文。现在所作的白话文内，除了"呢""吧""么"等字比较新一些外，其余的几乎都是古字，如"月"字从甲骨文字时代就有，算是一个极古的字了，然而它却的确没有死。再如"粤若稽古帝尧"一句，可以算是一句死的古文了，但其死只是由于字的排列法是古的，而不能说是由于这几个字是古字的缘故，现在，这句子中的几个字，还都时常被我们应用，那么，怎能算是死文字呢？所以文字的死活只因它的排列法而不同，其古与不古，死与活，在文字的本身并没有明了的界限。即在胡适之先生，他从唐代的诗中提出一部份认为是白话文学，而其取舍却没有很分明的一条线。即此可知古文白话很难分，其死活更难定。因此，我以为现在用白话，并不是因为古文是死的，而是尚有另外的理由在：

（1）因为要言志，所以用白话。——我们写文章是想将我们的思想和感情表达出来的，能够将思想和感情多写出一分，文章的艺术分子即加增一分，写出得愈多便愈好。这和政治家外交官的谈话不同，他们的谈话是以不发表意见为目的的，总是愈说愈令人有莫知究竟之感。我们既然想把思想和感情尽可能地多写出来，则其最好的办法是如胡适之先生所说的："话怎么说，就怎么写"，必如此，才可以"不拘格套"，才可以"独抒性灵"。比如，有朋友在上海生病，我们得到他生病的电报之后，即赶到东车站搭车到天津，又改乘轮船南下，第三天便抵上海。我们若用白话将这件事如实地记载出来，则可以看得出这是用最快的走法前去。从这里，我们和那位朋友间的密切关系，也自然可以看得出来。若用古文记载，势将怎么也说不对："得到电报"一句，用周秦诸子或桐城派的写法都写不出来，因"电报"二字找不到古文来代替，若说接到"信"，则给人的印象很小，显不出这事情的紧要来。"东车站"也没有适当的古文可以代替，若用"东驿"，意思便不一样，因当时驿站间的交通是用驿马。"火车""轮船"等等名词也都如此。所以，对于这件事情的叙述，应用古雅的文字不但达不出真切的意思，而且在时间方面也将弄得不与事实相符。又如现在的"大学"若写作古代的"成均"和"国子监"，则其所给予人的印象也一定不对。从这些简单的事情上，即可知道想要表达现在的思想感情，古文是不中用的。

我们都知道，作战的目的是要消灭敌人而不要为敌人所消灭，因此，选用效力最大的武器是必须的：用刀棍不及用弓箭，用弓箭不及用枪炮，只有射击力最大的才最好，所以现在都用大炮而不用刀剑。不过万一有人还能以青龙偃月刀与机关枪相敌，能够以青龙偃月刀发生比机关枪更大的效力，这当然是不可能的事了，但万一有人能够作到呢，则青龙偃月刀在现在也仍不妨一用的。文学上的古文也如此，现在并非一定不准用古文，如有人能用古文很明了地写出他的思想和感情，较诸用白话文字还能表现得更多更好，则也大可不必用白话的，然而谁敢说他能够这样做呢？

传达思想和感情的方法很多，用语言，用颜色，用音乐或文字都可以，本无任何限制。我自己是不懂音乐的，但据我想来，对于传达思想和感情，也许那是一种最便当，效力最大的东西吧，用言语传达就比较难，用文字写出更难。譬如我们有时候非常高兴，高兴的原因却有很多：有时因为考试成绩好，有时因为发了财，有时又因为恋爱的成功等等，假如对这种种事件都只用"高兴"的字样去形容，则各种高兴间不同的情形便表示不出，这样便是不得要领。所以，将我们的思想感情用文字照原样完全描绘出来，是一件很不容易的事。既很不容易而到底还想将它们的原面目尽量地保存在文字当中，结果遂不能不用最近于语言的白话。这是现在所以用白话的主要原因之一，而和明末"信腕信口"的主张，原也是同一纲领——同是从"言志"的主张中生出来的必然结果。唯在明末还没想到用白话，所以只能就文言中的可能以表达其思想感情而已。

向来还有一种误解，以为写古文难，写白话容易。据我的经验说却不如是：写古文较之写白话容易得多，而写白话则有时实是自讨苦吃。我常说，如有人想跟我学作白话文，一两年内实难保其必有成绩；如学古文，则一百天的功夫定可使他学好。因为教古文，只须从古文中选出百来篇形式不同格调不同的作为标本，让学生去熟读即可。有如学唱歌，只须多记住几种曲谱：如国歌，进行曲之类，以后即可按谱填词。文章读得多了，等作文时即可找一篇格调相合的套上，如作寿序作祭文等，通可用这种办法。古人的文字是三段，我们也作三段，五段则也五段。这样则教者只对学者加以监督，使学者去读去套，另外并不须再教什么。这种办法，并非我自己想出的，以前作古文的人们，的确就是应用这办法的，清末文人也曾公然地这样主张过，但难处是：譬如要作一篇祭文，想将死者全生平的历史都写进去，有时则限于古人文字中的段落太少而不能做到，那时候便不得不削足以适屦了。古文之容易在此，其毛病亦在此。

白话文的难处，是必须有感情或思想作内容，古文中可以没有这东西，而白话文缺少了内容便作不成。白话文有如口袋，装进什么东西去都可以，但不能任何东西不装。而且无论装进什么，原物的形状都可以显现得出来。古文有如一只箱子，只能装方的东西，圆东西则盛不下，而最好还是让它空着，任何东西都不装。大抵在无话可讲而又非讲不可时，古文是最有用的。譬如远道接得一位亲属写来的信，觉得对他讲什么都不好，然而又必须回覆他，在这样的时候，若写白话，简单的几句便可完事，当然是不相宜的，若用古文，则可以套用旧调，虽则空洞无物，但八行书准可写满。

（2）因为思想上有了很大的变动，所以须用白话。——假如思想还和以前相同，则可仍用古文写作，文章的形式是没有改革的必要的。现在呢，由于西洋思想的输入，人们对于政治、经济、道德等的观念，和对于人生、社会的见解，都和从前不同了。应用这新的观点去观察一切，遂对一切问题又都有了新的意见要说要写。然而旧的皮囊盛不下新的东西，新的思想必须用新的文体以传达出来，因而便非用白话不可了。

现在有许多文人，如俞平伯先生，其所作的文章虽用白话，但乍看来其形式很平常，其态度也和旧时文人差不多，然在根柢上，他和旧时的文人却绝不相同。他已受过了西洋思想的陶冶，受过了科学的洗礼，所以他对于生死，对于父子，夫妇等问题的意见，都异于从前很多。在民国以前的人们，甚至于现在的戴季陶张继等人，他们的思想和见地，都不和我们相同，按张戴的思想讲，他们还都是庚子以前的人物，现在的青年，都懂得了进化论，习过了生物学，受过了科学的训练，所以尽管写些关于花木、山水、吃酒一类的东西，题目和从前相似，而内容则前后绝不相同了。

附录一　论八股文

　　我查考中国许多大学的国文系的课程，看出一个同样的极大的缺陷，便是没有正式的八股文的讲义。我曾经对好几个朋友提议过，大学里——至少是北京大学应该正式地"读经"，把儒教的重要的经典，例如《易》、《诗》、《书》，一部部地来讲读，照在现代科学知识的日光里，用言语历史学来解释它的意义，用"社会人类学"来阐明它的本相，看它到底是什么东西，此其一。在现在大家高呼伦理化的时代，固然也未必会有人胆敢出来提倡打倒圣经，即使当日真有"废孔子庙罢其祀"的呼声，他们如没有先去好好地读一番经，那么也还是白呼的。我的第二个提议即是应该大讲其八股，因为八股是中国文学史上承先启后的一个大关键，假如想要研究或了解本国文学而不先明白八股文这东西，结果将一无所得，既不能通旧传统之极致，亦遂不能知新的反动之起源。所以，除在文学史大纲上公平地讲过之外，在本科二三年应礼聘专家讲授八股文，每周至少二小时，定为必修科，凡此课考试不及格者不得毕业。这在我是十二分地诚实的提议，但是，呜呼哀哉，朋友们似乎也以为我是以讽刺为业，都认作一种玩笑的话，没有一个肯接受这个条陈。固然，人选困难的确也是一个重要的原因，精通八股的人现在已经不大多了，这些人又未必都适于或肯教，只有夏曾佑先生听说曾有此意，然而可惜这位先觉早已归了道山了。

八股文的价值却决不因这些事情而跌落。它永久是中国文学——不，简直可以大胆一点说中国文化的结晶，无论现在有没有人承认这个事实，这总是不可遮掩的明白的事实。八股算是已经死了，不过，它正如童话里的妖怪，被英雄剁做几块，它老人家整个是不活了，那一块一块的却都活着，从那妖形妖势上面看来，可以证明老妖的不死。我们先从汉字看起。汉字这东西与天下的一切文字不同，连日本朝鲜在内：它有所谓六书，所以有象形会意，有偏旁；有所谓四声，所以有平仄。从这里，必然地生出好些文章上的把戏。有如对联，"云中雁"对"鸟枪打"这种对法，西洋人大抵还能了解，至于红可以对绿而不可以对黄，则非黄帝子孙恐怕难以懂得了。有如灯谜，诗钟，再上去，有如律诗，骈文，已由文字的游戏而进于正宗的文学。自韩退之文起八代之衰，化骈为散之后，骈文似乎已交末运，然而不然：八股文生于宋，至明而少长，至清而大成，实行散文的骈文化，结果造成一种比六朝的骈文还要圆熟的散文诗，真令人有观止之叹。而且破题的作法差不多就是灯谜，至于有些"无情搭"显然须应用诗钟的手法才能奏效，所以八股不但是集合古今骈散的菁华，凡是从汉字的特别性质演出的一切微妙的游艺也都包括在内，所以我们说它是中国文学的结晶，实在是没有一丝一毫的虚价。民国初年的文学革命，据我的解释，也原是对于八股文化的一个反动，世上许多褒贬都不免有点误解，假如想了解这个运动的意义而不先明了八股是什么东西，那犹如不知道清朝历史的人想懂辛亥革命的意义，完全是不可能的了。

其次，我们来看一看八股里的音乐的分子。不幸我于音乐是绝对的门外汉，就是顶好的音乐，我听了也只是不讨厌罢了，全然不懂它的好处在那里，但是我知道，中国国民酷好音乐，八股文里含有重量的音乐分子，知道了这两点，在现今的谈论里也就勉强可以对付了。我常想中国人是音乐的国民，虽然这些音乐在我个人偏偏是不甚喜欢的。中国人的戏迷是实在的事，他们不但在戏园子里迷，就是平常一个人走夜路，觉得有点害怕，或是闲着无事的时候，便不知不觉高声朗诵出来，是《空城计》的一节呢，还是《四郎探母》，因为是外行我不知道，但总之是唱着什么就是。昆曲的句子已经不大高明，皮簧更是不行，几乎是"八部书外"的东西，然而中国的士大夫也乐此不疲，虽然他们如默读脚本，也一定要大叫不通不止，等到在台上一发声，把这些不通的话拉长了，加上丝弦家伙，他们便觉得滋滋有味，颠头摇腿，至于忘形：我想，这未必是中国的歌唱特别微妙，实在只是中国人特别嗜好节调罢。从这里我就联想到中国人的读诗，读古文，尤其是读八股的上面去。他们读这些文章时的那副情形大家想必还记得，摇头摆脑，简直和听梅畹华先生唱戏时差不多，有人见了要诧异地问，哼一篇烂如泥的烂时文，何至于如此快乐呢？我知道，他是麻醉于音乐里哩。他读到这一出股："天地乃宇宙之乾坤，吾心实中怀之在抱，久矣夫千百年来已非一日矣，溯往事以追维，曷勿考记载而诵诗书之典要，"耳朵里只听得自己的琅琅的音调，便有如置身戏馆，完全忘记了这些狗屁不通的文句，只是在抑扬顿挫的歌声中间三魂渺渺七魄茫茫地陶醉着了（说到陶醉，我很怀疑这与抽大烟的快乐有点相近，只可惜现在还没有充分的材料可以证明。）再从反面说来，做八股文的方法也纯粹是音乐的。它的第一步自然是认题，用做灯谜诗钟以及喜庆对联等法，检点应用的材料，随后是选谱，即选定合宜的套数，按谱填词，这是极重要的一点。从前有一个族叔，文理清通，而屡试不售，遂发愤用功，每晚坐高楼上朗读文章（《小题正鹄》？），半年后应府县考皆列前茅，次年春间即进了秀才。这个很好的例可以证明八股是文义轻而声调重，做文的秘诀是熟记好些名家旧谱，临时照填，且填且歌，跟了上句的气势，下句的调子自然出来，把适宜的平仄字填上去，便可成为上好时文了。中国人无论写什么都要一面吟哦着，也是这个缘故，虽然所做的不是八股。读书时也是如此，甚至读家信或报章也非朗诵不可，于此更可以想见这种情形之普遍了。

其次，我们再来一谈中国的奴隶性罢。几千年来的专制养成很顽固的服从与模仿根性，结果是弄得自己没有思想，没有话说，非等候上头的吩咐不能有所行动，这是一般的现象，而八股文就是这个现象的代表。前清末年有过一个笑话，有洋人到总理衙门去，出来了七八个红顶花翎大官，大家没有话可讲，洋人开言道"今天天气好"，首席的大声答道"好"，其余的红顶花翎接连地大声答道好好好……，其声如狗叫云。这个把戏是中国做官以及处世的妙诀，在文章上叫作"代圣贤立言"，又可以称作"赋得"，换句话就是奉命说话。做"制艺"的人奉到题目，遵守"功令"，在应该说什么与怎样说的范围之内，尽力地显出本领来，显得好时便是"中式"，就是新贵人的举人进士了。我们不能轻易地笑前清的老腐败的文物制度，它的精神在科举废止后在不曾见过八股的人们的心里还是活着。吴稚晖公说过，中国有土八股，有洋八股，有党八股，我们在这里觉得未可以人废言。在这些八股做着的时候，大家还只是旧日的士大夫，虽然身上穿着洋服，嘴里咬着雪茄。要想打破一点这样的空气，反省是最有用的方法，赶紧去查考祖先的窗稿，拿来与自己的大作比较一下，看看土八股究竟死绝了没有，是不是死了之后还是夺舍投胎地复活在我们自己的心里。这种事情恐怕是不大愉快的，有些人或者要感到苦痛，有如洗刮身上的一个大疔疮。这个，我想也可以各人随便，反正我并不相信统一思想的理论，假如有人怕感到幻灭之悲哀，那么让他仍旧把膏药贴上也并没有什么不可罢。

　　总之我是想来提倡八股文之研究，纲领只此一句，其余的说明可以算是多余的废话，其次，我的提议也并不完全是反话或讽刺，虽然说得那么地不规矩相。

附录二　沈启无选辑近代散文钞目录

上卷目次

知堂作人作品

宋元诗序

中郎先生全集序

西山十记（以上录《珂雪斋集选》）

钟伯敬文钞

诗归序

问山亭诗序

隐秀轩集自序

摘黄山谷题跋语记

自题诗后（以上录《翠娱阁评选钟伯敬先生合集》）

谭友夏文钞

诗归序（录《钟谭评选古诗归》）

袁中郎先生续集序（《谭友夏合集》）

虎井诗自题

自题西陵草

秋寻草自序

退寻诗三十二章记

客心草自序

自序游首集

自题湖霜草

自题秋冬之际草（以上录《谭子诗归》）

秋闺梦戍诗序（《媚幽阁文娱》）

刘同人文钞

水关

定国公园

三圣庵

满井

高粱桥

极乐寺

白石庄

温泉

水尽头

雀儿庵

西堤（以上录《帝京景物略》）

王季重文钞

落花诗序

倪翼元宦游诗序

南明纪游序（以上录《王季重杂著》）

游西山诸名胜记

游满井记

游敬亭山记

上君山记

再上虎丘记

游广陵诸胜记（以上录《文饭小品》）

纪游

东山

剡溪

雷峰暝色图

紫云洞

涧中第一桥

云栖晓雾图

烟霞春洞

江干积雪图

峋嵝云洞

孤山夜月图

三潭采莼图（以上录《西湖卧游图题跋一卷》）

张京元文钞

九里松

韬光庵

上天竺

断桥

孤山

苏堤

湖心亭

石屋

法相寺

龙井（以上录《湖上小记》）

倪元璐文钞

谑庵悔谑抄小引

祁止祥稿序

叙萧尔重盆园草（以上录《鸿宝应本》）

下卷目次

柳敬亭说书

彭天锡串戏

西湖七月半

庞公池

及时雨

龙山雪

张东谷好酒

阮圆海戏 （以上录《陶庵梦忆》）

明圣二湖

大佛头

冷泉亭 （以上录《西湖梦寻>）

沈君烈文钞

考卷帜序

赠偶伯瑞序

云彦小草叙

赠高学师叙 （以上录《即山集》）

祭震女文 （录《媚幽阁文娱》）

祁世培文钞

寓山注小序

水明廊

让鸥池

踏香堤

小斜川

芙蓉渡

回波屿

妙赏亭

远阁

柳陌（以上录《寓山注》）

金圣叹文钞

贯华堂古本水浒传序

水浒传序三（以上录七十回本《水浒传》）

论诗手札九则（录《贯华堂选批唐才子诗》甲集）

李笠翁文钞

海棠

芙蕖

竹

柳

随时即景就事行乐之法十一款（以上录《笠翁偶集》）

廖柴舟文钞

小品自序

丁戊集自序

选古文小品序

自题刻稿

自题竹籁小草

半辐亭试茗记（以上录《二十七松堂文集》）

俞跋

后记

各家小传及书目介绍

欧洲文学史

第一卷　希腊

第一章　起源

一　希腊古代文学最早者为宗教颂歌，今已不存。所称神代诗人，如 Orpheus，其子 Musaios，及 Linos，亦第本于传说，并非实有。盖仪式诵祷之作，出于一群；心有所期，发于歌舞，以表祈望之意，本非以为观美，纯依信仰以生。迨礼俗改易，渐以变形，乃由仪式入于艺术。昔之颂诸神者，转而咏古英雄事迹，颂歌之后，乃发扬而为史诗焉。

颂歌（Hymnos）皆关神话（Mythos），史诗（Epos）大抵取材于传说（Saga）。神话与传说，本甚近似，唯神话记神人之行事，传说则以古英雄为主。其一对于超自然之存在，有畏敬之心，近于宗教纪载。其一对于先民之事迹，致爱慕之意，近于史传。此为二者之大别，唯后以便于称名，或并谓之神话。

　　希腊神话，于古代文学，至有影响。其内容美富，除印度外，为各民族所不及。唯神怪荒诞之处，与各国神话，同一不可甚解。古来学者，各立解说，有譬喻历史神学言语学诸派，皆穿凿不可据。十九世纪后半，英人Andrew Lang氏创人类学解释法，神话之本意，始大明了。古代传说，今人以为荒唐不可究诘；然在当时，必自有其理由，为人民所共喻。今虽不能起古人而问之，唯依人类进化之理，今世蛮荒民族，其文化程度略与上古诸代相当。种族虽殊，而思想感情，初无大异，正可借鉴，推知古代先民情状。今取二者之神话比勘之，多相符合。古代神话，以今昔礼俗之殊，已莫明其本旨。蛮荒民族，传说同一怪诞，而与其现时之信仰制度相和合，不特不以为异，且奉为典章。由是可知古代神话，正亦古代信仰制度之片影，于文化研究至有价值，非如世人所谓无稽之谈，出于造作者也。

　　民生之初，事莫切于自保。饮食以保生时之存在，妃偶以保生后之存在，更以种种求保生后之存在。人观于自然之神化，影响及其身命，或间接及其衣食之资，莫不畏敬，因生崇拜。又观于睡梦形影，生老病死之不测，因生灵魂之信仰，人鬼物彪，悉从此出。生殖崇拜，亦自成立，岁举春祭，以祈人畜禾稼之长养。由是数者，综错杂和而成原始思想，神话传说，因亦无不留其痕迹，一一可按。希腊神话中，兽婚变形返魂诸说，皆可以精灵崇拜（Animism）解释之。若王子行牧，太上躬耕，则凡知酋长制度情状者，亦一见可解也。

希腊民族，其初分居各地，各自有其神话。后以转徙，渐相溷杂，终乃合诸神祇，成一大家族焉。主神Zeus其妻Hera，共居Olympos山颠。其子女Athena（战争之神又司工艺之神）Hephaistos（火神又锻冶神）Apollon（音乐之神）Artemis（佃猎女神）Hermes（牧神又司传宣之神）次之。Zeus之女弟Demeter为禾稼之神，义曰地母。又其弟Poseidon为海神。战神Ares与爱之女神Aphrodite则非同族。以上共为神国中坚。此外有自然现象之人格化者，如日Helios月Selene启明星Phosphoros曙Eos虹Iris风Aiolos诸神。又有数类，位甚卑，而于文学甚有关系。今略述于下。

（一）牧神Hermes之外，又有Pan与Satyros，同为牛羊之神。唯起源不同。Pan为Arkadia牧人所奉，其状人身长髯有角，两耳足尾皆如羊。冬居山穴中，夏则随羊群至平原，当午昼寝，夕吹牧笛，如本土牧人所为。Satyros出Argos，其地居民以牧畜酿酒为业。其神羊身，以羊最善滋殖故。后转为人身，羊耳垂尾，及酒神（Bakkhos）祭起，列入从者。Pan则仅限于牧；唯以希语又释作一切，后以Pan为主神，代Zeus而有之。

（二）音乐之神外，有文艺女神。亦Zeus之女。相传有九人，各有本名，分司歌舞戏曲之事。通称曰Musai。

（三）凡水泉之地，皆有神女，称曰新妇（Nymphe），言其美好。又分称之曰Naias，居川中。曰Oreias，居山林中。曰Dryas，居树中。位置介乎人神之间，虽灵异而非长生。生命依其所居，如水泉涸，或木枯，则神女亦死。又有Nereides为水神Nereus诸女，时或与Naiades相溷。

（四）Aphrodite外有爱神曰Eros，意云欲求。象小儿，持弓矢。其矢伤人，以比爱恋之苦。或以为Aphrodite之子，文学中多互举之。

希腊古代，亦信死后之存在。幽冥之国，在地下，有冥王曰Hades及其后Persephone主之。生魂居其中，作息一如生时，唯芒然了无意志。其地与世隔绝，有数恶川为阻。Kharon在其中，操舟渡人魂，往而不返。死者于舌下必置一Obolos，以为渡资。西方有乐土曰往者原（Elysion Pedion），善人得入之。又有地狱（Tartaros），以罚叛神者。唯死后赏罚，起于西历五世纪前。其初皆执行于生前，且只限于神所爱憎，其人世罪恶，则由人自报复。唯杀父母兄弟，无人复仇者，乃由怨鬼（Erinys）自报之。后转为凶神之一类，女身黑色有翼，首上蟠蛇。与死神Thanatos梦神Hypnos，共居幽冥之国。雅典人畏之，称曰慈惠（Eumenides），又曰庄严女神（Semnai）。悲剧中多见之。

第二章　史诗

二　希腊史诗存于今者，有 *Ilias Poiesis* 及 *Odysseia*
两种，相传皆Homeros所作。基督前八百年顷，生
Ionia。后世有七邑，争自承为其故乡，唯皆不可据。
有颂歌，亦传为Homeros作。其一有云，客问谁歌最
美，可答曰有盲人居Khios多山之地，其歌最美，永永
无匹，后人因谓其老且聱，行吟乞食。唯此歌著者，实
不知为何人，故不得决为Homeros自述也。

Homeros身世无可考，学者多谓非实有其人。其
名义曰人质，或当为Hemerodokhos，方成完全姓氏。
Khios乃有一族，号曰Homeridai，世为歌人，自承为
Homeros之后。唯详考其故，盖先有Homeridai族，其
先代曾为质，因以得姓。不得为战士，唯以行吟为业。

终乃遗忘本源，自释其姓为Homeros子，因立Homeros之名而追崇之。正如希腊人自名其国曰Hellas，民曰Hellenes因立Hellen为先祖，Ionia人亦自称Apollon子Ion之后也。

或谓Homeros之故乡为Khios，盖亦有说。Khios既为Homeridai一姓聚族所居，而其人又悉为Rhapsodoi。故今若以Homeros之生，解作Homeros史诗之发达，则其言固有至理。Rhapsodos者，意云唱补缀之诗者。大抵史诗之作，由短而长，由散而聚。歌人收散片之诗，联集而吟咏之，又递相口授，多有变易，后乃辑录，成为今状。非Homeros先作此二长篇，其子姓Homeridai乃承受而分歌之也。

或又谓Homeros为盲，殆亦据古代社会情状而云然。上古之世，以战争立国，男子之少壮者，皆为战士。跛者为工，制兵器，盲者唯可吟诗耳。且此外复含神秘之思想，诗人术士，皆得神宠，而复加以残废，乃远人世而近神明，于是能预言，或作歌。如*Odysseia*中先知Tiresias盲，而Athena授以神智。歌人Demodokos为Musai所爱，而祸福并臻，去其目光而予以美音。今所存Homeros石象，在Naples博物馆，亦刻作盲目也。

基督七世纪前，诗人Kallinos（前660）始言及Homeros著"Thebais"一诗。次有Semonides（前630）引成语曰，人生如叶之落，云是一Khios人所言，

今见于 *Ilias* 中。尔后纪载渐多，史家 Thukydides（前430）只言 *Ilias* 与 *Odysseia* 为 Homeros 所作。至二诗编定之时，Cicero（前106）云雅典王 Peisistratos（前550）编录 Homeros 散乱之诗，订定之，如今世传本。Plutarkhos 则谓 Solon（前660）所为，编定次序，用于 Panathenaia 大祭。唯 Lykurgos（前350）但云先人所定，不举其名，后世遂以归之大立法家，此说差可据也。

　　三　*Ilias* 者，叙 Ilion 战争之事。初 Peleus 之婚，大宴诸神，而 Eris 独不与。Eris 怒，遂以一金频果投筵上，书其上曰予最美者。于是 Hera，Athena，Aphrodite 共争之，Zeus 不能定，命就 Ilion 王子 Paris 决焉。Paris 方牧羊山中，三女神各赂之冀右己。Hera 许以富贵，Athena 许以功业，Aphrodite 则许以天下最美妇人。Paris 从其言，遂以神助，诱斯巴达王 Menelaos 妻 Helene 而归。王约与国，兴师伐之，Agamemnon 为主帅，其下有 Akhilleus 及 Odysseus 诸名将。而 Paris 兄 Hektor 亦勇猛无敌，相持十年。会希军出掠，Agamemnon 分俘得 Apollon 祭师 Khryses 女，神乃降以大疫。*Ilias* 开端，即在此时。希军既大创，Akhilleus 劝归 Khryseis 以息神怒，Agamemnon 允之，而取 Akhilleus 所得之女 Briseis 为代。Akhilleus 怒，决绝而去，希军益不支。Akhilleus 稍悔，遣其友 Patroklos 赴援，为 Hektor 所杀。Akhilleus 大怒，欲复仇。Agamemnon 复以 Briseis 归之，卑词求和，Akhilleus 乃出，杀 Hektor，唯其运命亦垂尽。诗至二英雄之葬而止，不及 Akhilleus 之死，或后人讳而去之。后以 Odysseus 木马之策，破 Ilion，复得 Helene 以归，此大战遂毕。近世发掘小亚细亚，见有古城焚余之迹，考其时当在基督前千二百年，似 Ilion 之战，亦本于事实也。

Odysseia 纪 Ilion 下后，Odysseus 归国之事，然亦有后世羼入者。Odysseus 归途，历诸危难，登 Ogygia 岛，为神女 Kalypso 所留，七年不得归。Athena 为之请于 Zeus，乃命神女纵之行。海神以前怨，碎其筏，游泳登岸。其地曰 Skeria，王遇之厚，Odysseus 为述所遭。云初过 Lotophagoi 之国，又遇 Kyklops，食其同伴，以计矐其目而遁，过 Aiolos，遭逆风失道，抵日神女 Kirke 之岛，留一年。发舟遇 Seirenes 于海上，其状女首鸟身，善歌，闻者迷罔，投水而死。途中或不谨，盗杀日神之牛，雷震其舟，众皆溺，Odysseus 以不食牛独免，乃至 Kalypso 之居。终至于此，王遂厚赠而遣之。既归 Ithaka，伪为丐者至其家，众方迫其妻 Penelope 欲娶之。Odysseus 乃与子 Telemakhos 共诛众恶，家复得完。又往谒其父 Laertes，退隐村间，躬耕以自给。

Odysseia 旧传为 Homeros 晚年作，唯据近代考证，以二诗所写社会情状，颇多不同，故定为非一人所造。Odysseia 叙 Odysseus 漂流海上，历遇神异，事既瑰奇，诗亦益妙。唯伟大悲壮之处，不及 *Ilias*，此固性质不同使然。*Ilias* 虽以 Akhilleus 之怒为主旨，其最得人同情者，乃为 Hektor。诗人歌胜利之光荣，而人生之战败者，其阅历乃更深彻而伟大。作者之心，能不为狭隘之爱国思想所囿，因得了彻两方之感情，表而出之，此正希腊特具之才能，而早见于 Homeros 之诗者也。

Homeros 又有颂歌，然实非祝祷之作。古者歌人吟诗，必先呼神而求其助，相沿成习，遂有所谓 Prooimion 者。可释曰引，后或分立，称颂歌焉。又有谐诗 "Batrachomyomachia"（《蛙鼠战争》），"Margites"，亦相传为 Homeros 作，然俱出假托。古代著作，大抵不知主名，后世以意定之。如 "Iliu Persis" 著者之为 Arktinos，"Telegoneia" 著者之为 Eugamon，并有双关之意，显为后起之假名矣。

四　方 Homeros 史诗盛行于 Ionia 时，在 Boiotia 亦有一派，与之角立。今存 *Erga Kai Hemerai* 与 *Theogonia* 二诗，为 Hesiodos 作。Homeros 咏战争涉险，Hesiodos 则歌田功农时。Homeros 为贵族之诗人，Hesiodos 则齐民之诗人也。Boiotia 古时，故多民歌，及英雄诗歌流行，受其反动，益复发达。或外来诗人，取材本土，造作别体，Hesiodos 殆其一人。相传幼时牧羊山中，得 Musai 指授，遂能诗。后至 Lokris 识一女子曰 Klymene，其兄弟共袭杀 Hesiodos，投诸海，海豚负尸登岸，遂葬之。女生一子，即诗人 Stesikhoros 云。又或谓 Hesiodos 父死，兄弟析产，其弟 Perses 赂乡官，悉以沃田归己。盖因 *Erga* 中多言乡官之不公，又时呼 Perses 予以教训，因生此说。实皆附会，非实有也。

Erga 首责 Perses 之游惰，乡官之贪婪，以力作为人生要义。引 Prometheus 窃天火助下民，及 Pandora 故事，次述人世金银铜铁四时代。而今世已为末期，诸神多去，唯余 Aidos 及 Nemesis 二神。后将并此悉去，而人间亦愈沦落。唯若齐民能起而惩王公之罪恶，或更有光明之望，较之 Ionia 史诗赞颂先王功德者，迥不侔矣。其后为农时月令，次为格言，次为吉凶日占。其书通称曰农功与日占，古人极重之。或取其道德之教训，或取其农功之指导；唯在今日，乃能于此见古代希腊民间情状，闻田夫野老，馨其心曲，故为可贵也。

Theogonia 此言诸神世系，首纪天地开辟，以至 Zeus 立为主神。次编列诸神，意欲定其职守，明其系属，以成神国世本。唯希腊神话，本集各族传说而成，初无定序，故为事极难。*Theogonia* 传本，亦不完善，往往不相联属。大类歌人所记，以备取材之书，唯于神话研究，颇有价值。诗末，纪诸女神下嫁人间者。又纪民女为神妻者，名 *Eoiai*。唯此卷已佚，仅在古书中，散见数十则而已。

与 *Erga* 同类者，有星学鸟占诸诗。云亦 Hesiodos

所作，今皆不存。Pausanias 著《希腊志》中云，乡民示以一铅板，上刻 Erga 而无序言。且曰，此外著作，皆非 Hesiodos 真本云。

史诗作家，实有其人者，首为 Pisandros（前 650），著 *Herakleseia*。又有 Anyte，见《希腊志》，人称女 Homeros，所作皆不传。

第三章　歌

五　Hesiodos 之诗，源似微而流甚长。*Theogonia* 之后，有各地传说，记先代系序。又仿 *Eoiai* 作诗，以记述为重，不主谱录，衍为艳歌（Erotikos Elegos）。至 *Erga* 之影响，亦分两支。一由农时月令，曼衍为学术诗，如星辰地理医药占卜诸诗。一由格言，曼衍为哲理诗。而 Solon 等之 Elegos，与 Arkhilokhos 之 Iambos，其起源亦均有相关者焉。

哲理诗之起，由 Xenophanes。本 Anaximandros 弟子，居 Kolophon，遭波斯之乱（前 546），遂周流为歌人。唯不信神话，以自然无限为神，形质心意，皆与人殊。古人以奸盗诈伪，人世众恶，加之于神。又绘己之形以象神，使师虎能绘，亦必象神为师虎矣。所作有诗论自然，Parmenides继之，亦有是作。今皆不传，仅存断片，然实为希腊古代哲学之源泉，至足珍也。

Elegos本为挽歌，后仿其体别用之。见于史传者，以六世纪前Tyrtaios作战歌为最早。Mimnermos（前630）更作*Nanno*，咏古代爱恋之事。盖脱胎于*Eoiai*，以其妇字为篇名。终乃厌世，至怜日之奔走为劳，自愿以六十无疾而死。大立法家Solon（前639—前559）亦有著作，唯以传布政见为事，不甚致力于文字。Theognis（前520）诗，今世所存较多，以格言（Gnome）胜。Theognis本Doris贵族，以革命出亡，故为诗多怨怼，至祈神欲饮Demos之黑血。今之所传，乃三世纪前学校教本，故字句多改易，然亦以此独得完也。Semonides（前620）作亦散失，唯诗选中存一章。古时值祭日，女子得作歌嘲男子为乐。此为报歌，以虫为喻，淑女为蜂，高傲者马，善问者鼬，懒而好食者为豚。其诗则Iambos之体，非Elegos也。

Iambos者，诙谐调笑之诗，其体近于常言，相传为Arkhilokhos（前650）所创。Arkhilokhos放旷不羁，以事去其故乡，移居小岛。与土人战，弃盾而走，曰是何害，吾可更得新盾也。又去之，应募为兵，或为海贼以自给。其诗有云，吾于矛头得蒸饼，得Ismaros之酒，吾又卧矛上而饮酒，即咏其事。终殁于战。尝作诗云，吾为战神之仆，又得诗神之美赠，论者以为二言足尽其为人矣。Hipponax（前540）作诗，纯用Iambos体。多恶言，滑稽之趣颇少。始作跛体（Skazon），世谓其人跛而丑，以丐自给者，或因此也。

世所称《伊索寓言》（*Logoi Aisopos*），本亦讽刺诗之一种。起源尚在上古，人兽之际，形体虽殊而性灵不异，即木石水土，亦有凭依，故言动视息，通于万类。后之文人，采集传说，或稍加修正，以寄微旨。其作也不出于一人，其成也亦不定于一时。唯相传为Aisopos作，四世纪前Aristophanes亦已云然。旧传Aisopos与Rhodopis，同为Iadmon家奴。形体残废，而善为寓言，终以讥刺撄Delphoi人之怒被杀。然别无左证，殆亦后人假造，犹Homeros事也。今所有希腊文本，为基督一世纪末时Babrios所编定，其诗亦用Kholiambos体。

六　希腊古代诗皆合乐，假管弦之力，以表情思，补言语之不足。故诵史诗者配以Lyra，挽歌则和以Aulos，即Theognis之诗尚然，盖古无徒歌也。第纪叙实事，或敷陈义理，重在索解，则但永歌之，不复用丝竹合奏，后因以为常。若其表现感情，言不尽意，重在感兴而不在思索者，则音乐之为效益大，于是所谓Melos者起焉。Melos者，抒情之歌，与纪事之诗相对。又分二类，一曰独吟，一曰合唱。私人著作，偶有兴会，写其情思，以自怡悦，是为个人之歌。吉凶典礼，佐以歌舞，作者撰词，率Khoros唱之，其诗不为一己。

Aristoteles 尝辨别之，所谓一为为己之诗，一为为人之诗是也。独吟之诗，以 Alkaios，Sappho 及 Anakreon 三人为最著。

Alkaios（前 600）者 Lesbos 旧家子。恶君主而贱齐民，多历征战，后以国事出亡，十五年始得返。所著诗十卷，多自述身世，言流亡行役之苦，后尽零失。亦有风怀之作，而非其本色。Teos 之 Anakreon（前 540），世谓之醇酒妇人之诗人。其诗五卷，备诸体制，今所传止断片一章，短歌一卷，词旨俊妙，妇孺可解。后来代有仿作，自三世纪前以至中世，合称 Anakreontea。放诞淫佚，往往过之，至令后人以 Anakreon 为纵欲败度之老翁，亦其不幸也。

Sappho 又称 Psappho，亦 Lesbos 人，生基督前六百年顷。其身世大略，颇见于纪载，然大抵不足凭信。唯 Herodotos 言其父名曰 Skamandronymos。有弟 Kharaxos，悦豪家女奴 Rhodopis，赎之出，后为名伎，留埃及。Kharaxos 归 Sappho 嘲以诗。又 Suidas 言 Sappho 有夫名 Kerkolas，为 Andros 人。今依字义推之，当是后世轻薄者之所造也。Sappho 有女 Kleis，见于诗。史言其家在 Troia，终不详其姓。又或谓爱 Phaon 而不见答，乃追之至南意大利，投白崖（Leukas）死。然古诗人多咏其墓，Hephaistion 作投崖人名表，亦不著录。且此说始见于喜剧，距 Sappho 之死，已二百年，以前未有言者，则无稽可知也。Aiolia之俗，家庭社会间，女子颇得自由，不如Ionia之闭处宫闺，不与外事，亦不如斯巴达之专务体育。大抵颇能学问，从事文艺，以发抒情思。Lesbos为全邦文化之中心，而Sappho又实其领袖。结社讲诗，四方景附，论者至比之Sokrates。然俗世少见，乃大惊异，以Sappho非Hetaira而制此深挚之艳诗，则凭臆为解，造作浮词。加以谐曲狎侮之词，其说遂益纷纠。至近来学者辞而辟之，乃始稍白于世矣。

Sappho诗旧云九卷，基督二百六十年顷，Athenaios尚言诵习其全诗。三百八十年顷，以东罗马王命，并古诗人著作悉焚弃之。今仅余艳歌二节，又断片百十数则，皆藉古代文法字典家引用得存，而古今叹慕，不易其度。Platon称之为第十诗神，Solon闻其侄歌Sappho诗，急欲学之，曰愿及吾未死而得诵焉。Sappho诗以"Eis Aphroditan"与"Eis Eromenan"为最有名。"Eis Eromenan"存十七行，英诗人A．C．Swinburne作 *Anactoria* 一卷，以绎其意，序言所谓爱情之暴发，进则坚而为狂怒，退则深而为绝望者也。其"Epithalamia"中亦多佳句，或以为胜艳诗。今举英译一节于左。

As the Sweet apple blushes on the end of the bough,

The very end of the bough the gatherers overlooked,

Nay overlooked not but could not reach, [so art thou.]

七　合唱之起，盖在有史以前。古时宗教仪式，必有歌舞，又如凯旋丰收，以及生死婚嫁时，亦行之。有乐师，率其歌队，以此为业，寄食于诸侯，Doris 诸邦最盛。其歌分战争，哀挽，饮宴，婚姻诸事。又或以人分，如男子歌，女子歌，童子歌等。其词为乐师所作，唯应教令为之，与自抒怀抱者有别也。最早有 Alkman（前 650）者，斯巴达人，著 Parthenia，用于 Artemis 之祭。雅典人绅绎其诗，谓其先出 Lydia，被鬻为奴，以能诗得释。盖以斯巴达人为不能诗，故作此说，犹以 Tyrtaios 为雅典塾师之故事耳。

Stesikhoros（前 600）相传为 Hesiodos 子，本名 Tisias，始取史诗资材，别作歌咏，故有 Lyrikos Homeros 之称。所作凡二十五卷，唯多长篇，文句又明晰易解，故文法家不甚引用，而流传遂绝少。然在当时，声名播布全国，已有不解 Stesikhoros 三行诗之语，以喻人之不学。后世文人画师陶工，咸被其泽，古今传说之迁变，亦悉缘于 Stesikhoros。盖其对于古代传说，虽亦信为典要，而时或加以修改，使臻美善。举凡蛮荒古迹之遗留，与草野民生之情状，皆美化之，而诗境亦益广大，不复为神话所范围矣。Stesikhoros 咏 Ilion 事，于 Helene 有微词，已而病目，疑为祟。且考核史迹，亦以旧说为诞。因作《反歌》（*Palinodia*），言 Helene 未尝至 Ilion，实 Zeus 遣一化身（Eidolon）代之往也，未几疾瘳。*Palinodio* 一诗，虽有为而作，然其精神，则足代表著作之全体也。

Arion 与 Ibykos 同为行吟诗人，又同以轶事著名。Arion 始造 Dithyrambos，用于酒神之祭。尝为海贼所袭，投海中，有海豚负以登陆。Ibykos 之诗，合三族之长，备极美艳。后为人所戕，有鹤为之复仇，则以鹤名 Ibykes，故生此说也。

Simonides（前 556—前 467）以 Tisias 死之日，生于 Keos。周行列国，以诗游诸侯之门。其先，诗人依居停，应教为诗，酬报有差，至 Simonides 始计值以作，与后世之卖文相似矣。所作备具各体，挽歌，舞歌（Hyporkhemata），凯歌（Epinikoi）尤佳。又作诗铭（Epigramma），本以铭墓，或施于造象，后乃用之他事。Simonides 诸作中，以《Thermopylae 战死者》，及《Timokreon 墓铭》称尤最。其一悲壮，其一轻妙，俱为不可及也。

Pindaros（前 522—前 448）者，Boeotia 人，世传少时与女诗人 Korinna 竞技，不胜，乃发愤为诗。唯 Korinna 遗句中，有非议 Myrtis 与 Pindaros 角胜事，则其说盖非实也。Pindaros 作诗九种，共十七卷，今所传止 *Paianes* 断片数章，及 *Epinikoi* 四卷而已。*Paian* 者，颂 Apollon 之歌。*Epinikoi* 则为希腊四大会时，角力竞车之胜者颂也。Pindaros 之诗，咏叹健者之勇武，马骡之骏逸，而能自出新意，引古代传说，陈先世之功业，合 Epos 于 Melos 之中，盖承 Simonides 之传，又善能光大之者也。Pindaros 作诗，虽亦应教，而性好武侠之事，故情文相生，自成绝调。又与 Hesiodos 同为 Boeotia 人，道德思想颇相近。然 Hesiodos 为齐民之诗人，Pindaros 则为阅阀之诗人。Hesiodos 教农民以劳作节俭，而 Pindaros 则教贵人以重荣誉，轻施予，劳其身心，弃财力，费时日，以求所谓善 Areta 者。其理想人物，则 Doris 人之始祖 Herakles 也。高贵强武，荣誉声名，皆具于一人，而 Olympionikes 则其化身，宜乎 Pindaros 之永歌之矣。

　　Bakkhylides（前 468）为 Simonides 之犹子，善作 Epinikoi，与 Pindaros 同时。虽才力稍逊，而文词平易优美，不如 Pindaros 之艰深，故声名相并。著作久佚，一八九七年始于埃及古墓中，得芦纸三枚，录 Bakkhylides 诗二十章，由是复闻于世。其中六章不关竞技事，尤可珍重。第十八章题曰 *Theseus*，咏 Theseus 之返国，两歌队设为雅典人与王 Aigeus 之词，互相问答。由合唱转为戏剧之迹，于此又得一旁证焉。Alkman 之 *Parthenion*，亦有问答之词，唯止歌女自相问讯调笑而已，与此假为古代人物者异也。

第四章　悲剧

　　八　悲剧之起，Aristoteles以为始于Dithyrambos，当Dionysos祭日，市民假妆为Satyroi，歌舞以娱神。一转而为歌队，再转而为戏剧。Tragos者，羊也。由是而生Tragikos Khoros，又一变而为Tragoidia也。

　　世传Arion始造Dithyrambos，唯其起源甚古，Arion或但订定之耳。Dithyrambos之字义，或云重户，或曰神喜，最近学说则解之曰神跃，Dionysos则曰神圣少年。希腊古时，每年四月（Anthesterion），例行春祭三日，以祈人畜禾稼之长养。元始民族，自保之具，莫急于食，故对于四时之运行，疑惧与喜望交并。既惧冬之常住，复恐春之不再来，乃有送冬与唤春诸仪式。心有所期，形于动作，所谓情动于中而形于言；言之不足，故嗟叹之；嗟叹之不足，故永歌之；永歌之不足，不知手之舞之足之蹈之也。故 Dithyrambos 者，春之歌也，生之复活之歌。而 Dionysos 者，亦即一切生气之精也。其别号曰 Dithyrambos，曰 Bakkhos，曰 Bromios，皆示生意之发动也。此为 Dithyrambos 最初之一面，希腊以外，亦多有之，不限于一时一地也。

Dithyrambos 者，歌 Dionysos 之生，Platon 已云然。后世渐忘春祭之本意，遂造 Semele 之神话以释之。或以 Dionysos 为酒神，至其本来，则止为生命之精灵。其形或为木，或为兽，或为人，不一其状。最古为一木株，上缠布帛，或刻作人面，以薜萝蒲陶蜜房干无花果为饰。又或为牛马，舞者亦伏地作牛鸣，或缚马尾于背以象之。盖模其形状，拟其行动，能得灵感（Enthusiasmos），与神相接也。尤以羊为最多，后虽变形为丈夫，为婴儿，为少年，而其徒仍作羊形为 Satyroi。此 Tragikos Khoros 之所由起也。

春祭之时，Satyroi 随神舆而行，或就平野作环舞，后始有定地，曰 Orkhestra。或 Arion 遂编订其歌词，定歌队之人数，又于合唱之外，加以问答，如 Alkman 所为。于是环舞渐蜕化而为队舞，是盖又一绝大之变迁也。

然其最大之影响，则缘在上者之提倡。希腊古时，平民之藉牧畜耕种为生活者，当春祭时，为迎春之仪。而高门巨族，则仍崇拜先祖。古之英雄，死而为灵，又多即为地方之守神。执政者患其不利于统治，力以诸术杀其势。编定史诗，用诸祭典，与后之举行Dionysia，皆是。盖Homeros所歌，为希腊全国之神人；而Dionysos者，外来之神，独立而无所偏倚者也，Peisistratos为Dionysos造祠于雅典。前五三五年行竞歌之会，作者各以一曲献Arkhon，祭日取其佳者三本歌之，校定优劣，Thespis得赏，是为演剧之起源。其初歌队所歌，只Dithyrambo一种，故始终为Satyroi状。及增新曲，舞者须更衣而歌，Orkhestra之外，乃有Skene。后渐移作背景，加以藻绘。观者所居地，曰Theatron。古代仪式，渐变而为艺术，于是Orkhestra与Theatron，亦因之为消长焉。

Dithyrambos咏Dionysos事迹，分奋争（Agon）苦难（Pathos）灵见（Epiphania）三段落。后觉其枯寂，因先以他种歌曲。例凡三章，合Dithyrambos统称四部曲（Tetralogia）。歌者五十人，作曲者为之长。歌间，作者出而致词，为独白或问答，以增兴趣，亦使歌者得息。后乃又以左右歌队之长登场，故悲剧优人凡三，称之曰Hypokrites，义曰应对者。谓作者陈词，而二人应答之也。

如上所言，希腊悲剧之起，可分三节。一、始于Dionysos之春祭，歌呼踊跃，以迎生气。二、Arion（前

620）作 Dithyrambos 之词，用之歌舞。三、Peisistratos 举竞歌之会（前 535）Thespis 得胜。又始作科白，已具戏曲模形。及 Aiskhylos，Sophokles 与 Euripides 三大家出（前 525—前 406），乃极其盛。后复消灭，而 Dithyrambos 则流行如故也。

　　九　Aiskhylos（前 525—前 456）者，Eleusis 名家子。尝从军，与波斯战。前四七二年以 Persae 一剧得赏。平生著作，凡九十篇，今所传者，只七篇而已。尝自书墓铭云，Marathon 树林，实证其勇，其于词曲，似自以为末技，而后世竞推重之。前三百三十年顷，Lykurgos 建大剧场，为之立铜像焉。

　　Aiskhylos 所作，皆三部曲，今唯 Oresteia 尚全，余止存一部。作《波斯人》（Persae）后，前四六八年竞技，为 Sophokles 所败。次年复以《七人》（Septem Contra Thebas）得赏，次作 Prometheus，前四五八年作 Oresteia，又得上赏。唯最早著作，则为《吁请之女》（Supplices），其年代不详。剧为三部曲之首章，叙 Danaos 之女五十人，为 Aigyptos 诸子所逼，逃至 Argos，求助于王。埃及虽不禁同姓为婚，而强暴之行，亦为罪恶。Argos 遂容留亡人，允为保障。埃及王子来攻，终获诸女，强娶焉。Danaos 乃属女于婚夕尽杀诸婿，唯一女曰 Hypermnestra 者不从，因获罪，Aphrodite 援之得免。后其苗裔创业，遂立 Argos 新邦也。此曲之意，盖谓天意不可测，又随在见其调和。Aigyptos 诸子，以强暴获报，Danaos 诸女承父命而杀之，皆正也。然诸子之首祸，与季女之逆命，皆不得其正，而实亦莫外于天意。胤嗣大昌，正非神之反复，殆有深密难知之用存焉。其曲虽以 Hypermnestra 为主人，而列入五十歌女之中，初无区别。盖歌队尚未分列，唯绕坛而舞，犹有古剧遗风，优人亦多只二人，故今定为 Aiskhylos 早年作也。

《波斯人》为三部曲之中卷，纪波斯王 Xerxes 攻希腊，横舟断海而渡，投黑索于海中，自称海上之王，获罪于 Poseidon。及 Salamis 之战，波斯舟师歼焉。剧中止叙母后与诸元老留守故国，忧念征人。及得噩耗，乃吁祷先王，乞其救助。前后二卷，则失之矣。《七人》之前，本有二曲，曰 *Laios*，曰 *Oedipus*，纪 Laios 父子之悲剧。初 Laios 不听神训而举子，终应预言，Oedipus 杀父妻母，至于凶终。Oedipus 子又忤父意，乃诅之，至是亦应，兄弟争位，爰兴甲兵。Polyneikes 联与国七君，攻其兄 Eteokles，兄弟相杀。诅祝必践，夙业递传，有触乃发，终不可逭，此希腊古代之道德观念，多见于戏曲者也。Prometheus 之传说，对于 Zeus 之神德，多可非议。唯在古代，疾智忌能，不害于神之正直聪明，如《创世记》所言，亦可以见之。Prometheus 爱人类而抗暴力，历劫不屈，足引万类之同情，终亦得直，还获自由。惜其曲不完，不能详知始末耳。

　　Oresteia 叙 Orestes 复父仇，三部俱存。一曰 *Agamemnon*，言后 Klytemnestra 与 Aigisthos 共谋杀 Agamemnon，篡其位。二曰*Khoephoroi*，三曰*Eumenides*，言 Orestes 杀父仇。唯以弑母故，为 Erinyes 所苦，因发狂，遁于 Delphoi。诸神集议于 Areios Pagos，以 Athena 援得免，遂为净罪。又慰解 Erinyes，为立祠于雅典，称慈惠女神焉。此曲本事，亦据传说，与当时信仰制度相关，足资今日之研究。Aiskhylos 戏曲本旨，一以写人天恒久之争，一以写罪业因缘之报。好胜之心，常引人越轨而进，乃与自然之力相抗，以至败亡。凡诸恶业，又展转相生，至于无穷，终唯绝灭，乃得解决。而正义公法，亦或能调剂，使得和平，如 *Oresteia* 等，皆可以见此意也。

　　十　Sophokles（前496—前406）作曲，初用伶人三，歌队亦不复重要如昔。又废三部曲例，以一曲为全部。旧剧三部相联，故可叙历世事迹，以一题旨贯串之。Sophokles 作，则重在展示情节，不专以阐发义旨为事。所作仅存七篇，皆咏古英雄事。其 *Oedipus* 与 *Antigone* 二作，与七人之剧联属。Elektra 者，即 Orestes 女兄，同报父仇，唯其旨趣，乃与 Aiskhylos 殊异。Orestes 弑母，虽经神明之示，疫厉之威，而内有心诛，外见鬼责，终于狂易。Elektra 则踌躇满志，以如愿为

忻。盖 Aiskhylos 写古人而和以今人之情思，Sophokles
则即以古人之心为心，求与传说相近，且思想又绝严
肃，故不同有如此也。其写 Elektra 峻烈刚决，思虑言
动，俱为爱父一念所左右，与 Antigone 以兄弟之谊，
甘舍其生者，足相伦比。七人之役，二子骈殒，新王
Kreon 礼葬 Eteokles，独以 Polyneikes 叛国，故暴其骸，
敢葬者死。其女弟 Antigone 收瘞之，鞫之不屈，Kreon
子 Haimon 营救不许，遂闭之墓穴。而先知预言神怒，
将降大疫，Kreon 父子亟往启穴，已死矣。Haimon 殉之，
其母闻之亦自缢。古者以人死不葬为大罚，盖将使形神
永系，不得解脱，而渗厉所积，亦足以违忤天和。且
Homeros 时，已以侮辱死者为戒，故 Kreon 之命，虽正
而实非。Antigone 之抗命收葬，则纯由天性，发乎自然；
殉其义分，而不能自明其理之所在；知生之可乐，而终
甘就死，又复不自觉其死之可荣。其设想皆至精微，世
以此为希腊戏曲之荣华，良有以也。

　　Euripides（前 480—前 406）力作五十年，著曲
九十二篇，今存十七，而当时得赏止四次。盖思想卓
绝，不能为世俗所赏。毁言洋溢，至谓其不识字，命
奴代为执笔云。Euripides 作曲，不如 Sophokles 之纪
叙情节，唯以阐发义旨为重，而又与 Aiskhylos 不同。
Aiskhylos 写人间祸福，悉统以神秘莫测之力，使古代
信仰与现世事实，得其调和。Euripides 则于神人行事，

多所置疑。其剧叙述情况，不加臧否，而令见者自发不安，萌生疑问。当时人心所不愿闻，而又不能自禁。Euripides 之不为时人所好，而复有大名于世者，亦以此也。Euripides 相传为哲学者 Anaxagoras 弟子，故不信传说。尝言天下无淫盗之神仙，并出歌人意造。而作曲又例必取传说为材，故辄复流露真意。如谓其志在摧毁神教，则亦未必然也。

Euripides 亦作 Elektra，乃与二氏绝异。古代传说，一变而为平常人事。Klytemnestra 之死，Aiskhylos 以为神罚，Sophokles 以为正报者，在 Euripides 则为罪恶，而其过悉由于 Apollon。其写母后，不远人情，足起人之哀矜，而无疾恶，Medea 与 *Hippolytos* 二剧之主人，亦本世人所共弃，而 Euripides 善能转化，使观者觉 Medea 等，正亦常人。但性情偏至，机缘邂逅，而悲剧以成。Aristoteles 所谓恐怖悲悯二元素，兼而有之。世或因是称之为 Misogynist，殆未为当。Euripides 亦尝作 *Alkestis* 等曲，写女子美德，但不如昔人之仅依理想，倾于光明之一方。盖能洞观人性，中边俱彻者也。

Euripides 作曲，初用 Prologos 及 Epilogos，说明原委。歌队渐失其用，而典礼所关，不能辄废，乃使为剧中人物。唯不能常用，则于剧间作歌舞，而戏曲形式，亦因之稍变矣。

四世纪后，演剧盛行，而著作衰歇，鲜可称述。技工之事，别于艺术。故今言希腊悲剧者，唯以三子为断也。

第五章　喜剧

十一　Aristoteles 著《诗学》，论戏曲起源曰，悲剧起于迎神，喜剧起于村社。虽其书残缺，论喜剧之卷，今已不传，无由详考其说。而喜剧由昉，已可略得大凡。盖二剧之兴，俱因生气精灵之礼拜，然同而实复殊。Dithyrambos 者，迎春之曲，自 Arion 以来，多经文人润色，言近雅驯，其时在春季，演神之奋争苦难，终之以灵见，志在用感应之术，以促春气。社祭者，田夫野老之所为。其时在秋季，禾稼既登，蒲陶酒熟，民生丰乐，皆由神赐，礼有报赛，罄其感荷。迎春之时，惧春之不再来，故悲哀之气，寓于喜望之中，化而为剧，亦写人生之奋争苦难。秋赛之时，则喜春之重来，予万物以有生之乐，故欢愉之气，寄于感激之中。叫嚣纵肆，不能自禁，化而为剧，则嬉笑怒骂，亦无所变也。宗教仪式，约可分祈祷报赛二类。希腊悲喜二剧，即由此出，渐乃与仪式脱离而成艺术也。

喜剧本称Komoidia，义曰村社之歌。Komos者，义云乡村宴饮。盖村人集而歌舞，继以行列，而终之以酒宴。后遂引申其义，以Komoi为与祭者之称。Plutarkhos尝记之曰，昔者先民举行Dionysos之祭，仪式质朴，而至欢愉。有行列，挈酒一瓶，或一树枝，或牵羊，或携柳筐，中贮无花果，而殿以生支（Phallos）。此盖万物生成之祭，征诸古代及元始民族，往往有之。由今视之，或可骇怪，然在当时，乃不过宗教仪式之一。道德标准，本随习惯而定，故于风俗人心，固亦无害也。且希腊民族，以中和（Sophrosyne）之德著称。对于自然恒久之性能，有仞知而无讳饰，能节制而无遏逆，使之发泄得间，乃不至于横决。故于村社行列，予以容仞而严其约束，不见有可耻可讳者也。Aristoteles论悲剧，以为人心本有恐怖悲哀之感，得假此以泄之。又谓嘈杂之音，足以净人间之猛性，不使郁而为厉。故此村社之歌，亦自有明效大用。俾人得于此时，欢笑愉乐，一罄其情，亦祓除之一术也。

村社行列，初不与Dionysos之祭相关，但行于Doris诸邦，以祈报生气而已。至前四六五年，始用于春祭，Komoidia遂与Tragoidia并峙。其初但有村人假妆戴面具，歌舞游行，和以丝竹，或演滑稽动作，以供笑噱。是日又例得放言（Parrhesia），侮弄骂詈，皆可任意，受者不得较，其后即衍为喜剧中之枝词（Parabasis）。曲间，歌队突前歌诗，讥弹时政，或嘲笑时人，无所顾忌，盖犹存古风。古代喜剧，先有序说，继以枝词，次演剧中主人滑稽行事，多不联属，终以宴乐。作者颇多，今皆不传，唯 Aristophanes 尚存十一篇耳。

十二　希腊喜剧，分古中近三期，Aristophanes（前450—前385）实为古期作者之代表。所作剧讥评时事，大都政教二类。盖意主保守，尊古而非今，故当时民主之治，司法之制，多所责难，如《骑士》（Equites）《蜂》（Vespae）《鸟》（Aves）皆是。又如 Sokrates 之哲学，Euripides 之悲剧，皆思想独绝，不合流俗，Aristophanes 亦以曲刺之。作曲曰《云》（Nubes），言有少年从 Sokrates 学，而益流于恶，其父怒，欲火其居。又作曲曰 Thesmophoriazusai，以嘲 Euripides。雅典旧有立法祭（Thesmophoria），妇女共祀地母，男子不得与。剧言妇人以 Euripides 多写女子恶德，因于祭日共谋所以报之。Euripides 使其妻父变服往侦，事败，执付法吏，Euripides 潜定计，与妻父共吟所作曲词为号，乃得脱。及 Euripides 死，又作《蛙》（Ranae），言三子卒后，Dionysos 苦岑寂，遂至幽冥之国，召一子返，而

周作人作品

Euripides 与 Aiskhylos 争不决，乃共角技，Aiskhylos 卒胜。Aristophanes 之剧，虽意见偏执，攻难思想新潮甚至，而能以美妙之词，饰荒唐之想，故亦有足观览者。晚年所作 Plutos 一剧，则写社会情状，不专刺当时政事，合唱亦益少，已与中期喜剧相近矣。

中期喜剧约起于前四百年顷。结构视古剧为整，其所讥刺，多为古代神话与当世诗人。及后写日常之事，遂变而为近期喜剧，Menandros 最有名。所作剧百数十种。今止存断片六章，多以爱恋为材。剧中人物，如严父荡子，巧妇狡奴，皆世俗所常有。古剧所刺，多为时政，或涉个人，而新剧则言风俗人情，更为溥遍矣。希腊喜剧，至 Menandros 而完足，犹 Euripides 之于悲剧。唯 Euripides 之后，更无嗣响，遂至中绝，而喜剧独传，流泽于后世戏曲者，甚非鲜也。

第六章　文

十三　凡文学发达，皆诗先于文，希腊亦然。颂祷之作，利用永歌，记事抒情，则便于记诵，又得委曲寄意，非散文所及。即 Solon 之政见，Anaximandros 之哲学，亦无不托之诗歌。散文之用，限于日常人事，以达意记数而已。今金石刻文，犹有遗留，多为神社中物。有禁约，诅词，因果灾祥之纪。又有巫觋题名，或加叙述，变为纪年（Horoi）。神话之外，又有故事（Logoi）流传，其事近于传说，而所说非英雄；近于小说，其人又多实有；唯今俱不传。及哲学渐盛，思想发达，学者乃以散文著述，如 Herodotos 之史，Platon 之问答，皆是也。

Historie 一语，今但以指历史，原义则云学问。本其所知，笔之于书，无论历史地理，博物哲学，皆得以 Historie 称之。Historikos 者，求智之人。Philosophos 者，爱智之人。虽一重事实，主于搜访，一重真理，主于研究，而其业相通，为哲人（Sophos Aner）亦相等也。故其初历史哲学，不立区别，至前四百年顷，始明辨之。唯并为求智之学，故文亦务求明晰，散文于是兴盛。唯纪述学问，而仍兼艺文之美。故历史哲学，于希腊文史中，亦占重要之位置，盖不仅以古见珍也。

十四　史家最早者，有 Hekataios，著《地志》，多为 Herodotos 所称引。Herodotos 取古代传说，加以研究，为之解释，如后代历史神话学派之业。谓 Prometheus 本 Skythia 君长，居鹰水之次，会水泛滥，人民以为长上不德所致，遂囚之。Herakles 治水功成，乃纵之云。著书已逸，今仅存断片。其说虽未能当，唯天灾流行，罪其君长，本于元始民俗，非出意造。当时哲学者，于古代神话，已多疑难之词，Herodotos 欲依据理性，考征事实，以治古史，亦此新精神之一代表者也。

Herodotos（前 482—前 425）世称历史之父，居小亚细亚北，以国事遁居雅典，与 Sophokles 友。作史纪波斯之战，后人取诗神名，分之为九卷。其书记大战本末，而旧闻逸事，杂入其中。第一卷叙波斯克 Lydia，即附记 Lydia 故事（Logoi）。二卷纪征埃及，四卷北征 Skythia，南征 Libya，五卷征 Thrake，亦然。末三卷始言Xerxes攻希腊败归事，言极详尽。故事则得自传述，类多神异，盖作者亦唯写录闻见，未必遂尽信之也。Herodotos生于边塞，长而浪游，过欧亚非洲诸地，阅历既多，识见益广。爱其故乡，而对于异邦文化，亦能鉴识，不没其美。生平流亡困顿，而历游各地，从容探访，世多以为异。或传其曾说书于雅典诸地，又据Diyllos说云，雅典政府曾以二万五千金酬Herodotos。盖Herodotos为Logopoios，搜访故事，当众陈述，如行吟诗人所为，故得藉以自给。观察所得，关于列邦情势，多足资当局之参考，故予以多金，则不仅为作史之酬而已。Herodotos对于宗教，颇有泛神思想，不以人神说为然。唯纪事多循俗说，盖由业为Logopoios，势不能忤世以自取咎责。观其记波斯宗教，颇有称许之词，可知非偏执一义，轻信先说者矣。

　　Thukydides之生，去Herodotos才二十年，而著作迥异。Herodotos史书，多载传说，类于说部，Thukydides作，则体例谨严，纯为统系之历史。Thukydides生长雅典，受学于当世大师（Sophistai），故文词华赡，思理清澈。Peloponnesos战争，Thukydides身与其役，遂作史八卷，叙述颠末。次序井然，语必征实，凡神异之事，传闻之词，皆置不录，意在资考镜，而非以广异闻。Herodotos作史，于胜负之数，恒归之天意，故谓波斯之败由于骄盈。Thukydides则俱以为人事，雅典之败，初非Nemesis之见责，而实人自为之。盖Hetodotos犹为文士，Thukydides则已有学者风度。其后Xenophon（前434—前354）作*Hellenika*，意欲续Thukydides之史，然不能及。Xenophon曾受学于Sokrates，而哲学非其所长。初从波斯王子Kyros攻其兄Artaxerxes，后Kyros战殁，将帅皆被杀，Xenophon遂率兵归希腊，作*Anabasis*纪其事，最为世所称。Sokrates卒，弟子Platon辈力以文字释辩，Xenophon亦作*Memorabilia*记其师言行。又有*Oikonomikos*，用答问体，以论家政。*Kyropaidia*者，假为波斯先王Kyros外传，记幼时受学情状，而实以自寓教育意见。大要取材于斯巴达，又傅以东方采色，故非正史，亦非小说也。Xenophon本非文人，唯以余力著作，又率模仿当时作者，不自成家，然文章简明优雅，后世多师法之。

十五　前五世纪末，雅典辩学大行。盖议院论政，或法廷对簿，非有辨给之才，不足以动听闻，申枉曲。当时乃有Sophistes以教授修词学为业，辅以天文地志，形数政治诸学。别有Rhetor者，犹后世律师，业为人辩护。虽律禁代言，唯两曹可预乞人为辩词，自陈述之，后或刊行，以自表白。又或委身国事，吐其雄词，有所激奖，或以自理，如Demosthenes，则已为政治家，非复寻常辩士矣。今所传希腊演说，大抵可分三类。一以文章为主，可为后人模式者，多先世之作。二私家案牍，辩士代作，为两曹所刊行者。三著者一己之作，以发表政见，或讥弹辩解，皆是也。

希腊演说之发达，与散文变迁，极有关系。先世著作，多尚藻饰。Thukydides 作史，文句艰深，Antiphon 过于凝重，Gorgias 偏于妍丽。Lysias 为人作状词，善能体会性情，与之适合，陈词说理，皆极自然，足令敌者抗言，相形见绌，其文已近简易。至 Isokrates 而大成，立美文之标准，自罗马以至近世，无不蒙其沾溉。Isokrates（前 436—前 338）初从 Sokrates 等哲学者游，及父卒无所依，乃学于 Gorgias，为人作讼词，并教修词学以自存。后至雅典，设塾教哲学。唯所重非 Philosophos 之玄理，亦非 Sophistes 之诡辩，旨在修养心性，养成正解明辨之力。虽 Platon 有界石之嘲，以为两无所可，而势力颇伟，后世文人学者，多出其门。Isokrates 著作，今存演说二十一，尺牍九篇。唯生平未曾亲演，但刊布之而已。其政见则欲希腊联合马其顿以抗波斯，与 Demosthenes 正相反也。

Demosthenes（前 383—前 322）七岁丧父，保傅共谋夺其资。Demosthenes 蓄志报之，遂学律。及长，讼得直，追还旧资，而所存已无几，因业辩士。唯行事正直，不如 Hyperides 等之参与 Hetaira 案件，尤力避 Sykophantes 之务罗织。凡所致力，乃在政治，欲联合希腊以拒马其顿。Isokrates 弟子 Aiskhines 则力与抗。Demosthenes之政策，纯由爱国。Isokrates则欲外用和平，内行改革，财力困穷，民生过庶，募兵海贼，横行国中，凡此诸患，皆可及此驱除。及Khaironaia之败，Isokrates绝望自杀。二国虽构和，而Demosthenes图报之志不稍懈，亚历山大既卒，希腊举事复败，Demosthenes仰药死，Hyperides被杀。后世论史者，或于Demosthenes有微词，第亦成败之见而已。Demosthenes尝谓雅典人曰，君等为一国之自由与平安而战，万无曲理，光荣所在，宁止胜者，可以知其人矣。

第七章　哲学

　　十六　希腊哲学，自成部属，宜若分立，不隶于文学史中，唯其始初，本亦 Historie 之一部。爱智之士，致力学问，以求知慧。搜访人类之已事者为史家，研究万物之现象者为科学家，探索宇宙之起源及成分者为哲学家，所事不同，旨则无异。且古代哲人多以诗传写思想，其源出于 Hesiodos，如 Xenophanes 等是。若 Empedokles，则已纯为哲学诗人。至 Platon 用答问之文，抒其绝学，固亦文章之上乘也。

　　希腊古代哲学，最早为 Miletos 派，Thales 为之首。前六世纪时，希腊文明，以 Ionia 为最盛，而 Miletos 又其中枢。Thales 尝学于斐尼基埃及，预测前五八五年之日食，为世所重，与 Solon 同为七贤之一。又弃神话开辟之说，求宇宙起源。以为地浮水上，而定湿（Hygron）为万物本，与希伯来旧说相似。又以为万有皆神，磁能吸铁，故有性灵。以生力为神，与物质相合而成世界。Anaximandros 承其说，唯以自然无限（Apeiron）为万有本原。移动分离，成诸形质，盛极而衰，复归于故，以明万物生灭之理。Anaximenes 则即以无限为气（Aer），因凝散而生寒温，化生水火。其说甚近唯物论，于后世思想，至有影响也。

Miletos 派哲学，出于学问（Historie），故与宗教分离，且其学说，恒与国民信仰违迕。Pythagoras 派，则以哲学而与宗教接近，别成一家之言，盖合 Miletos 派学说，与 Orphism 之信仰而一之者也。希腊古时，自有密宗仪式（Mysteria），以祀地母，祔以 Kore 与 Dionysos，演 Persephone 之去而复归，以象四时代谢。Kore 者，义云处女，盖言春时，或为新谷。Dionysos 来自外邦，本为生气之精灵，则象以小儿，以为 Kore 之子。后分立自成 Dionysos 之祭，唯本旨故无异。Kore 之往而复返，与 Dionysos 之死而更生，本皆以表生气之盈虚，实祈年之仪式。然影响及于民心，益以坚其死后生活之信仰。此地下诸神（Theoi Khthnioi）之崇拜，初只行于民间。至前六世纪时，民主之政渐盛，此风亦益长。又值波斯西侵，祸乱相续，人心厌苦现世，希望未来。凡恐惧忧危之世，恒为宗教发达之机，故 Dionysos 遂为民众归依之主神。Onomakritos 乘 Peisistratos 提倡宗教时，编订歌颂推行之，而归其名于神代诗人 Orpheus。其教谓灵魂不灭，死后归于幽冥。古之正人 Rhadamanthys 等，判决生前行事，善入往者原，恶者入地狱。唯亦可净罪，以求解免。虽占卜符祝，渐流于迷信，然足以慰安人心，使有依附，其效甚大。灵魂永存，故死不足畏，盖死虽为此生之终，又即他生之始。唯他生之苦乐，又依此生之善恶而定，故清净之生活，至为重要。此 Orphism 之教旨，亦即为 Pythagoras 实践道德之所从起也。

Pythagoras 生于 Ionia，讲学于南意。其学主灵魂不灭，与 Orphism 同，又信东方轮回之说，别立宗派，设戒律，与其徒共持之。唯其教专重身心具足，故亦不废学问。Pythagoras 以数为物元。数有奇偶，即有限无限之别，二者相距，而复协和，以合于一。Pythagoras 自称爱智者（Philosophos），而实又密宗信者（Mystes），故行事特异。后世传其奇迹，则颇流于怪诞也。

Xenophanes 本 Anaximandros 弟子，迁居南意，故为 Elea 派开祖。其初行歌各地，为 Rhapsoidos，而不信神话，以为后世伪造。稍变师说，即以自然无限为神，浑然纯一，无有终始。尝作史诗及 Elegoi 二千首。"Peri Physeos" 一篇，为述学之作，其徒 Parmenides 亦作是诗，今俱不传。Parmenides 亦 Elea 人，行业坚苦，与

Pythagoras 派相类，而不取二元之说，以为道立于一，物皆自存，不生不灭，亦无变化。存者自存，亡者自亡，不能由亡以至存，亦不能由存以至亡。大道唯一，而品物殊形者，乃由知觉欺罔，故生分别。Zeno 继之，著书攻多元说，亦 Elea 派巨子也。

十七　Herakleitos 讲学，谓万物原于一，本无终始，与 Parmenides 同。唯以变动不居为世界之原则，则正相背。万有本元，俱归于火，化生庶物，历诸转变，复与元行合体，其说颇类 Anaximandros。又取 Pythagoras 二元说而演正之，以为物有抵拒，而后有协和，凡诸分别，悉由比量。善恶相须，终合于一，故又以争为宇宙大法，万物所由出。水火相克，而复相生，生于垂亡，衰于极盛，自然之神化盖如此，Herakleitos 以性灵为不灭，唯与火相并合，故异 Pythagoras 派。其诋毁神道之教，与他派无殊，而于 Orphism 尤甚。

Empedokles 世多传其奇行，类 Pythagoras，或谓仙去，毁之者则云投火山中，自灭其迹以欺世。其信仰颇近密宗，自谓前生历为人兽禽鱼，唯讲学则粹然学术，不涉于迷信。尝学于 Parmenides，亦谓宇宙无终始。唯又取 Herakleitos 变化之说而贯通之，以为世有四行，为万物根，即气水火土。纯一自存，不能迭化，唯缘爱憎之力，而生分合，聚则成，散则灭，聚散半则变。其说视前人稍进，所著哲理诗 "Physika"，即阐发此义，而

《净罪》（"Katharmoi"）一篇，则神秘思想之什也。

原子说（Atomism）创于 Leukippos，成于其徒 Demokritos。Leukippos 师事 Parmenides，唯以为有存亦有亡，实体之外，皆为虚空。实体为物，极微而无限，充塞宇宙，个个分离，中间虚空，而自体纯一，不可分剖，故名 Atomoi。结聚成形，相联络而不并合，终复分散，归于太虚。Anaxagoras 之说，与前二派相似，而更有进。万物化成，由于物质，亦曰物种。其类众多，不限于四行，亦异于原子。金石骨肉，各自有其质，差与后世元素相类。其一为心意（Nus），等为物种，然特精微，且能自动，运化诸质，令成万物。Anaxagoras 又明日月食之理；以日为石，运行迅速，因生光热，其大殆如希腊半岛；月为土块，映日有光云。Anaxagoras 初居雅典，或以为毁谤国教，将罪之，亡去得免。

Sophistes 今称诡辩派，本为哲人之称，Protagoras 始用是自号，以教人德业为事。虽重在实践，言行并修，及其末流，又或骛于文词之末，唯当时大师，其思想亦多精微。Protagoras 著书，尝题端曰，神之有无，予所不知，人生实短，盖不足解此难题。雅典人乃流之，并火其书。Protagoras 又以为是非限于主观，故无一定之标准，其言曰，人为万物之度量。凡诸理智，唯有比较而无绝对，怀疑思想，于此可见。Gorgias 谓道德由时代及社会而定，与此意正同。又作文论虚无，以

周作人作品

难 Elea 派。虽名理隽妙，然已近于辨，至于后世，遂流为言词之战（Logomakhia）矣。

十八 Sokrates（前 468—前 399）生于雅典，父为石工，Sokrates 世其业。中年弃去，从诸大师游，后遂为人师，而不受酬。貌不扬，时人以比 Silenos。行事特异，不以苦乐为念。其说谓世无智人，人以不知为知，唯己自知其不知，故神示以为独胜。唯绝待智慧，神所独有，宇宙神秘，非人力所能测，故其学言人事而不言天道，言道德而不言物理也。其于宗教，虽主保守，而诸神之上，别立 Nus 为造化主，统于一尊。其论道德，以为善即知识。人唯愚蒙，故生罪恶，若知善者，亦必行善，盖善行即益，故知行相属。其教人多用问难，Platon 著作，即袭其制。Sokrates 之教，重在改革道德，于政教别无破坏，然终不为世俗所容。始于嘲弄，终于怨恨。前三九九年 Anytos 等以非毁圣教，陷惑学子为辞，讼 Sokrates，请置重典。二次公判，Sokrates 皆不肯屈，遂定罪，仰药而死。初 Anytos 为鞣皮工，其子逃亡，从 Sokrates 游，终乃沉湎于酒。Anytos 从军，再建民主之治，追念前事，而 Alkibiades 与 Kritias 等为国人所深恶者，亦皆 Sokrates 弟子，故深信其为世道大害，务欲锄而去之。Sokrates 虽不立新说，而后世学术，多由此出，又以身殉其学，益足起万世之景慕。Platon 作 *Phaidon*，记临终情状，世谓之最伟大之悲剧，良有以也。

Sokrates不自著书，今唯于Platon著作中，得见大意。Platon（前427—前347）本贵介子弟，多才艺。著有短歌，《咏星》一章，至今为世传诵。年二十，始从Sokrates游，前后八年。以问答体作文八篇，然非以讲学，盖拟曲（Mimos）之一类。时Epikharmos与Sophron方以是名世，Platon爱诵Epikharmos之诗，每寝必置枕下。其*Lakhes*等篇，则仿Sophron，以散文为之也。及Sokrates死，Platon心境顿变。多作答问，为师辩解，*Apologia*，*Kriton*与*Phaidon*皆是。其《宴集》（*Symposion*）一篇，尤杰出，记Apollodoros为Glaukon述诗人Agathon之宴，以寄怀旧之情。真美之爱出于一本之说，亦于此见之。是后著述甚多，今存四十二篇。有*Respublica*记理想国制度，后人多仿作之，其影响于思想，力至大也。

Aristoteles（前384—前322）者，Platon弟子。父尝为马其顿王御医，亚力山大少时，因从Aristoteles学。及东征，Aristoteles遂至雅典，讲学于Lykeion，无学不窥，公私著述，凡千卷，为后世学术源本。今世所传，多门下札记之本，故多丛杂。唯《雅典法制考》及《诗学》，盖自作。《诗学》已残阙，仅存悲剧之卷，甚多精义。罗马诗人Horatius本其旨，作《诗法》（*Ars Poetica*）一书，为后世所重。至十七世纪，风靡全欧，奉为文章轨范也。

周作人作品

第八章　杂诗歌

十九　希腊文学，自 Demosthenes 卒后，称衰落时期。凡文学发达，与政治宗教，系属极密。马其顿既胜，希腊施政由人，宗教亦隳废，旧日信仰，渐为外来波流所并，转入迷信。文艺之事，因之不振。且言文分歧，终趋于异，文人颛守古语，用于著作，表现情思，不能自然，又不能直撄人心，振发感兴，故其行亦不远，是亦衰落之一因矣。时希腊俗语，唯用之简牍契筹。逮马可等作《福音书》（"Evangellia"），志在通俗，乃用以著述。简洁朴雅，为世所师法，其影响随基督教而及全欧。现代希腊语，亦即从此出也。

前三世纪后，希腊诗歌，更无巨制。时世变易，亦不复有英雄盛事，足供赞颂。人人所见，止现实之人世，若过去光荣，早成幻景，故史诗凯歌，遂绝嗣响焉。Apollonius 作 *Argonautika*，虽独赓坠绪，而不为世所赏。盛行于时者，乃为短歌（Elegos）与诗铭（Epigramma）。二者起源本古，至是弥益发达，臻于美善，为后世模范。Philetas 生前三世纪初，以艳歌名世。题集曰 *Battis*，盖其妇名也。同时有 Asklepiades，亦有名，诗选 *Anthologia* 中存诗数章。Kallimakhos（前285—前247）初学于雅典，后为亚力山大府图书馆长。致力于文字之学，著书八百卷，今唯存 *Epigrammata* 耳。诗铭者，本冢墓造像之文字，Simonides 稍变其体，唯仍多伤逝之作。Kallimakhos 则以恋爱为之主，选者评为 Myrtos 之花，中满清蜜，而 Simonides 之作，则比之于蒲陶也。

Theokritos（前315—前270）亦撰诗铭十三章，然以牧歌（Eidyllion）著闻。古者 Artemis 祭日，牧人作歌相竞，后人模拟其式，因称 Eidyllion Bukolikon 或 Eidyllion Aipolikon。唯所歌亦不尽关牧事，故或释 Eidyllia 为小图画。描写物色，以及人事，诗中有画，论者或以是与浮世绘（Genre）相比。Theokritos 作共三十章，写牧人生活者止十章，六为小史诗，六为抒情之歌，四为偶作，四则拟曲也。其行事已不可考，唯卷首小传，言是 Syrakuse 人，父名 Simikhidas，又据诗铭云 Praxagoras 与 Philinna 子，则 Simikhidas 者盖别名耳。尝学于 Philetas 及 Asklepiades，以牧歌名世云。Syrakuse 之地，山川纵横，物色至美，终年受朝日之光，万物欣欣向荣。牧人傍榆柳之阴，吹管吟诗，诉其哀怨，或歌吟角技，以乐佳日。后世或疑非实，然证以现代民谣，文情颇多相似。第三章怀 Amaryllis 之歌，至今犹不绝于人口。第十章刈禾人吟，则或迻录所闻，非出创作，亦未可知也。第二十一章记渔夫梦得黄金之鱼，写水上辛苦生涯，稍带暗淡之色，为集中唯一之作。第十五章名"Adoniazusai"记二中流妇人至亚力山大府观 Adonis 之祭，诙谐美妙，两至其极，为拟曲杰作，法国至演以为剧。尤最者为第二章，Simaitha 见弃于 Delphis，因对月诃禁，招其故欢。文美而真，悲哀而诙诡，深入人心，令不能忘也。Theokritos 后，有 Bion 与 Moskhos 继作。Bion 略与 Theokritos 同时，后为仇家鸩死，Moskhos 以诗哀之。二人之作多散逸，今存 Bion 七章，Moskhos 九章而已。

二十　Mimos 亦云 Mimiambos，今称拟曲。源盖出于宗教仪式，与喜剧同。Aiskhylos 佚存文中，言 Thrake 山母之祭，管弦嘈杂，和以空钟（Bombykes）。远在山间，闻 Mimoi 声如牛鸣，击鼓象地下雷音。盖本祈雨之仪，祭者变服涂面，用诸法器，模拟事物，以求感应。Dionysos 祭，亦有空钟陀螺（Rhomboi）牛鸣板（Konoi）等，然后世则列之玩物，失其本意矣。Mimoi

初盖类于巫师，后渐转变，止存模拟之动作，更无祈求之意，遂流为诙谐戏谑，正如Komoi之始于村社而化为喜剧也。前五世纪初，Epikharmos以Pythagoras派哲人著喜剧，又作拟曲，写民间日常行事。Sophron继之，所作曲分男女两类，其子Xenarkhos则用以讽刺时政，今悉不传。唯Platon答问及Theokritos牧歌中，各有数章耳。Herodas著作亦逸，仅存断简二十余行。至一八九一年，英国Kenyon博士发掘埃及古迹，于沙中得芦纸一卷，录其拟曲，凡存完具者七篇。由是Herodas始复闻于世。其曲皆用跛体（Kholiambos），故文辞不能与Theokritos比美，而实写人生，至极微妙。第一章之媒媪，第二章之塾师，皆跃跃有生气，虽相去二千余年，而读其文者，乃觉今古人情相去不远。第三章记妓寮主人诉麦舟舟子，则模拟辩士口吻以为刺。Herodas于讽刺诗，亦有深造，自言诗神命之续Hipponax之迹也。第四章言医神（Asklepios）之祭，可与Theokritos之 "Adoniazusai" 方驾。第六章记二妇人私语，虽不过商量服饰谯诃奴婢之词，视若平澹无奇，而文情生动，为世希有，论者以为集中之最。Herodas行事无可考，唯缘文中有兄弟神（Theoi Adelphoi）之语，知为前三世纪人，约与Theokritos同时也。

二一　希腊诗选，最古者为基督百年前Meleager本。六世纪时又有Agathias，改编为第三本。二人皆能诗，亦自选其作。十世纪时，Constantine Cephalas 重订之。至十四世纪，为东罗马教士 Maximus Planudes 所得，多所减损，分类排比为七卷。君士但丁堡陷后，流入意大利，遂印行，通称 *Florilegium*。迨十七世纪初，或于古籍中得 Cephalas 原书，乃行于世，是为诗选最善本。所录上起 Sappho，下及并世作者，其行事多已湮没不可考，唯于此书中，仅存姓氏，与诗俱传而已。Meleager 序自言为此，譬如采集百花，编为花冠（Stephanos），以献其友 Diokles，故称 *Anthologia*，犹云"掇英集"。后世因仍其名也。

诗选中录 Sappho 诗铭三章，Meleager 所谓花虽不多皆蔷薇者也。其一志渔人曰，渔人 Pelagon 父 Meniskos，以笭箸与棹置垅上，为辛苦生涯纪念，世称墓铭上乘。Simonides 之志斯巴达国殇，尤为世人推重。Platon《咏星》之外，有《Lais 献镜》一章，亦至有意趣。英国 Garnett 博士译之曰：

Venus, from Lais, once as fair as thou,

Receive this mirror, useless to me now;

For what despoiling Time hath made of me

I will not, what he marred I cannot, see.

Theokritos 诗铭二十三章，多佳制。《哀 Kleonikos 之死》曰，人其稼穑终生无以不时远游，惟人生实短。嗟汝 Kleonikos，欲得肥饶之地，乃载汝货，发自叙利亚，于大梁（Pleiades）降时浮于海，亦与大梁共沉于海。又《题Kaikos钱肆》一章亦极妙。同时有Leonidas，多咏海上生活。渔父Theris依水为生，有如海鸟，风波不能惊。终乃安眠茅舍之下，如镫之膏尽而火息，别无妇子，但有火伴为造冢。言短意长，可与Theokritos第二十一诗比美。又《咏纺女Platthis》，亦至悲凉。朝夕纺绩，拒饥寒于户外，或织作达旦，歌以破睡。至岁月尽而劳作亦毕，乃以八十之龄，见幽冥之川水（Acheron）。其诗才似Theokritos，思想则与Simonides相类。所见人生，多为努力苦斗之一面，而终之以永久之安息。诗所谓人当勇往以求往者之国，其道不远，坦直浩荡，无攀逾之劳，迷失之患，虽闭目而行，亦必自达也。美国诗人Longfellow，尝谓*Anthologia*为世间悲哀之书。花冠半萎，青灯垂尽，欢愉之中，亦函哀伤之气。而Leonidas之作，盖为最著也。

Meleage，本叙利亚人，长居Keos，故诗兼希腊东方之风，足为当时文化精粹。诗选序言，以花喻诗，语多精妙。《春时》二章，歌咏物色，情思美艳，为世希有。尤善作艳歌，尝欲化而为睡，得长守此眉睫，与Platon之《咏星》相似。又羡环履杯珓之得近芗泽，立意皆绝隽妙。至以怀思不寐，冀蚊蚋往扰Zenophila之清梦。或招草虫，令歌吟以解忧，酬以绿韭清露。若蚊蚋得成此功，则当被以虎皮，手执白梃，比之古代英雄，其设想乃至瓌诡。所作《志墓》《伤逝》诸篇，亦多哀艳之音。有"Klearista"一章，盖哀新嫁而卒者。Andrew Lang 译之曰：

> For Death, not for Love, hast thou
>> Loosened thy Zone!
> Flutes filled thy bower, but now,
>> Morning brings moan!
> Maids round thy bridal bed
>> Hushed are in gloom，
> Torches to Love that led
>> Light to the tomb.

Meleager 序中，自比其诗为早发之白色地丁（Ion），盖谦词，或指早年之作。唯选中又有其自作挽歌，则当为后人续入者也。

Agathias 生基督六世纪时，与 Palladas 及 Antipater 皆以短歌有名。Palladas 谓人生如戏场，或笑或啼，各尽其技。又云，吾裸而入世，裸而出世，始终皆裸，何复劳劳为。Antipater 亦云，先知星士，许吾寿三六，吾谓三十亦已足。人生过三十，便为 Nestor，而 Nestor 亦已死矣。厌世思想相同，而及时行乐之意亦寓焉。Agathias 亦视死为安息，然诗中较多欢乐之音，唯不及 Meleager 之强烈矣。所作有诗集《桂叶》一卷，今不传。

诗选中无名氏作，颇多佳句。如《Sabinos墓铭》云，吾立此石于Sabinos墓上，为昔日恩情记念。吾且求汝于死后，汝幸毋饮忘川（Lethe）之水。忘川者幽明之界，魂饮其水，则忘生前也。又《赠乳香》一章，Garnett博士译之曰：

I send thee myrrh, not that thou mayest be

By it perfumed, but it perfumed by thee.

最为后世传诵，仿作者颇多。至云Tarsos人Dion卧于此，六十不娶，并望吾父之未娶也。则厌世之言，不异Palladas矣。

第九章 杂文

二二 Theophrastos（前372—前287）家本寒贱，而性好学，因至雅典，游Platon之门。Aristoteles继起，复从之学，及Aristoteles卒，遗命代己讲学于Lykeon，大振宗风，弟子数及二千。学术著作，今悉散逸，唯存《植物学》及《岩石志》。又《人品》（*Kharakteres*）一卷，凡三十章，写人间性格，如谄媚傲慢多言不平诸状，皆至微妙。序言为其友Polykles述善恶人品，而今所存，唯有恶德，盖其序或后人所加，非原本也。凡所形容，既能曲尽世态，又足见当时社会好尚，故甚为今日学者所重。如第四章言傲慢者当盥浴膏沐，或就食时，不许人入，乃与后世礼俗殊异。又第二十八章，记迷信者见鼬过前，必俟他人先过乃行，或投石三以禳之。蛇出屋下，则以为神，为之设祭，皆与今希腊俗信相同。至谓不平者拾遗金，必曰吾前此未尝有所得。多言者相见，辄述夜来之梦；叹古今人之不相及；市上麦贱；异邦人寓居者几何人；二月海宴，可以行舟；天若时雨，当得丰收；为言明年将自耕种，与人世之艰辛；地母祭日，Damippos 所供火炬，其大若何；皆宛然如生，称全书中杰作，后世仿者甚众。喜剧作者 Menandros 为 Theophrastos 弟子，善状人情，为师所赏，赏曰 Menandros 与人生，二者果孰相仿效乎。若以此言转贻 Theophrastos，正亦适合无间也。

Kebes 者 Thebes 人，*Phaidon* 篇中有其名，谓是 Pythagoras 派哲人，亦从 Sokrates 游。后隐居故里，仿 Platon 作答问三章。其一曰"图册"（"Pinax"），言游 Kronos 庙，睹一木榜，上有图画，莫详其谊，有老者为之解说，盖以行道喻人生。Platon 称 Kebes 为 Philolaos 弟子，此文亦云，献此册者奉 Pythagoras 与 Parmenides 之教，故其说多与二氏合，而以知识为道德，则又承 Sokrates 之旨也。其后有 Phitostratos 作《题画》（"Eikones"），叙画景，别饶意趣。至 Longos 作小说，亦用此法，唯皆为美文，与哲学之问答异矣。

亚力山大时代以后，散文著作，大抵为历史地志。Euhemeros 承 Herodotos 之说，以历史释神话。尝于 Kretas 岛见古冢，有铭曰"Zan Kronu"，以为即 Zeus 之墓。Polybius（前205—前125）作史二十一卷，记以常言，与文人异趣。Plutarkhos（46—120）撰《名人列传》，凡四十八篇，举希腊罗马古今人物事迹相类者，比较论之，为后世所重。Pausanias约生基督二世纪时，作《希腊志》，详述古迹及风俗仪式，考古者多取资焉。

二三　希腊小说，最先有Aristides编 *Milesiaka*，时在基督六世纪前。其初多述古人逸事，藉作谈助，与故事（Logoi）同。后或渐改面目，凭空造作，不必实指其人，遂由别史而成小说。盖小说缘起，在于神话，始乃教典。转为传说，言英雄事迹，诵之可知史实，亦可以供娱乐。后信念渐移，则化为童话（Märchen），所叙重在事迹，更不问为何人，是为元始民族之小说。其变化之迹，正犹史诗之于弹词（Ballad）也。今儿童传说故事，多与古代及原人相同，缘其心理状态，本甚相似。迷信，好奇，求娱乐，合此众因，遂生神话，以至嬗变为小说，其源甚古，希腊小说，亦同此例。今言最先者，唯以见于纪载为据，若原书流传，则已悉在基督纪元后也。

Aristoteles弟子Klearkhos作 *Erotika*，今佚。基督一世纪时，Parthenius作 *Peri Erotikon Pathematon*，列记故事，唯其意止为后人涉猎之用，非由自造，所记事又不完。至三世纪后小说大盛，大都为 *Erotika* 一类。唯有曰"人或驴"（*Lukios e onos*）者一篇，成于二世纪初，殊自瑰异。同时罗马Apuleius作《变形记》，亦记此事，自言仿Miletos派，盖皆改造旧说，故本原相同。今观《人或驴》，则古Miletos小说风趣，尚得约略见之。

《人或驴》相传为Lukianos作。九世纪时君士但丁主教Photius云，曾见Lukios所述志怪，为Lukianos所从出，而今不传，止有Lukianos本耳。Lukios有亲属善幻，能变形为鸟兽。因赂其婢，窃药自涂，冀化为鸟，误取变驴之药，因成驴。法唯食蔷薇可解，而仓猝不能得，暂系枥中，群盗夜至，并虏之去，转鬻为磨工园丁眩人所有，后诸患难。后于剧场见蔷薇花冠，奔赴食之，乃复人形。近世学者或疑为当时通行小说，非Lukianos作，以Lukianos著书，多含讽刺，此书则仅记奇事，别无寄托也。

Lukianos（125—200）本叙利亚人，学于雅典，遂留其地，授徒自给。作《神祇问答》、《人鬼问答》等，以嘲哲学者及古代神话。有《渔人》一篇，言诸派哲人谓Lukianos害道，召爱智女神问之，云实唯伪学为害。遂集全国学者，公判于Akropolis。伪哲学者相率逾垣遁去，有一犬儒派遗其佩囊，发视之，别无书物，唯金钱投子与芰泽而已。Lukianos则倚垣垂钓，以一钱一无花果为饵，行道贪人，多上钩，故以是名篇也。又一文曰"卖命"，记冥王鬻诸哲人之魂。Sokrates得值五千金，Aristoteles值千，Khrysippos能诡辩，才值五百。怀疑派Pyrrho蠢如蛴螬，以四十金售之，顾仍怀疑，谓恐未必已售，不肯从去。与《信史》言怀疑派闻往者原之乐，亦甚向往，唯终犹豫不果行者，同一恶谑。《信史》（*Alethes Historia*）者，Lukianos所著唯一之小说，以古代诗人史氏言多不经，因拟作之。序言书名信史，而无一语非诳，已示其意。史述舟行八十日至酒神之岛，为暴风所卷，上升八日而至于月。方与日争太白之岛，血战至云为之赤。舟复返海上，巨蛇吞之，遇老人父子于蛇腹中，共居年余，挐舟自腮出。终乃抵往者原，古代名人皆在。留数日，发舟过沉沦之岛，见Herodotos等以生时作妄语，受罪其中。书至是中止，云后当再言，盖亦仿Herodotos体也。Lukianos本异国人，故抨击希腊宗教甚烈，或谓有基督教影响，亦未必然。Lukianos著"Philopseudes"文中云，唯真与理，可以已空虚迷罔之怖。则固亦当时明哲，非偏执一宗者可知也。

三世纪后小说，今所传者，有Xenophon作*Epheusiaka*。述 Antheia 与 Habrokomes 以违神命远行，为海贼所得，鬻于异国。王女悦 Habrokomes，而女夫亦欲得 Antheia，终复完聚。凡古代小说，大抵以悲欢离合为主旨，中更患难，至极危迫，终藉神助而得解免。Heliodoros 与 Longos 作，亦复如此。唯一以结构称，一以美妙胜，皆有特色。Heliodoros 生四世纪中，作

Aithiopika。言 Hydaspes 后 Persine 妊时见石像，生女色白，弃之。有人收养，命名 Khariklea，长为 Apollon 庙祝。Theagenes 悦之，得 Kalasiris 助，挈之出。至其故国，为王所执，将以祭神，而事得白，遂复合焉。相传 Heliodoros 属基督教，为 Salonika 主教。此书成，教会令毁之，否或免官，Heliodoros 愿取其次，终不焚书云。Longos 行事无可考，或以其姓为拉丁语长字，疑是罗马人。唯所作 *Lesbiaka*，则以希腊文书之。通称 *Tettares Logoi Poimenikon Kata Daphnin Kai Kata Khloen*，结构殊简，如弃儿海贼神助会合诸节，皆小说中常见。然善写物色，又言情爱发生，亦纯朴微妙，为后世所赏。或称为希腊尚美主义最后之一人，盖非溢美之词，序言尝至 Lesbos，见神女（Nymphai）庙中绘板，询得本事，因记之，盖犹《题画》之风。又云，美若长存，目苟能睹，则人亦永无力以避爱神（Eros）之矢。读 Longos 作，颇觉 Theokritos 余韵，去人未远。二人之咏 Daphnis，亦正相似。*Lesbiaka* 盖诗人之小说，自有其不可及之处。五世纪时，Akhilles Tatius 作 *Leukippe Kai Kleitophon*，后又有 Khariton 作 Khaireas and Kallirhoe，皆言夫妇离合之事。技巧有进，然优美之致，则远不逮也。

第十章 结论

二四 希腊文化，为欧洲先进，罗马以来，诸国典章文物无不被其流泽，而艺文学术为尤最。故言欧洲文学变迁，必溯源于希腊。虽种族时地，各有等差，情思发见，亦自殊别，唯人性本元，初无二致，希腊思想为世间法之代表，与出世法之基督教，递相推移，造成时代。世之论欧洲文明者，谓本于二希，即希腊与希伯来思想，史家所谓人性二元者是也。物质精神二重关系，为人生根本，个人与民族皆所同具，唯性有偏至，则所见亦倚于一端。故希伯来思想为灵之宗教，希腊则以体为重，其所吁求，一为天国未来之福，一则人世现在之乐也。

英国 Frederick Robertson 论希腊思想，立四要义，曰一无间之奋斗，二现世主义，三美之崇拜，四人神之崇拜。今得合之为二，曰美之宗教，曰现世思想，略言其要。盖皆希腊古代之精神，而后世文艺思潮中，时或隐见，至近来乃益显。新希腊主义（Neo Hellenism）之复兴，实现代思想之特征，至可注意者也。

希腊神话，内容美富，为他民族所莫及。其尤异者，为纯粹之神人同形说（Anthropomorphism）。若依学术研究，溯其迹象，则缘起盖在元始信仰，与野人无殊。遗俗流传，尚多荒诞之说，间亦有以石片木橛为神所凭依者。唯考传说及画像之遗，则神之与人，形性并同，而神特更进于完美。与巴比伦埃及之神，人身鸟首，备诸异相者不同，与希伯来之禁拜偶像者亦异。今世所见希腊造像，如 Apollon 及 Melos 之 Aphrodite，皆极优美，盖唯以显理想之人体美，初无宗教象征也。或问希腊雕刻家 Phidias，何故以人象神，则答曰，以天地间更无他物，具匀齐之美，过于人体故。此与 Elea 派 Xenophanes 之言，正可反证。德国 Winckelmann 著《古代美术史》，有言曰，世无民族重美如希腊人者。诸神之祭祝，皆以少年竞美得赏者为之。斯巴达妇人，恒奉 Narkissos 或 Hyakinthos 之像，求得子之美如之也。少年祷神，至宁得美而不愿得国，可以知一世之风尚矣。Platon 亦以体美为精神美之发现。《宴集》篇中，记 Sokrates 述 Diotima 言，以为人唯爱美，乃能自一物以及众物，自形色之美，以及美行美意，终乃至于绝对美。以美与爱，乃能导人止于至善，此实Platon美之宗教观，足为希腊思想代表者也。

希腊尚美，以人体之美，归之于神。又重现世，故复以人生之乐归之。其言天地诸神，饮食起居，不殊于人，爱恨争斗，亦复无异。基督教之理想人物，皆圣贤隐逸，而希腊之英雄，则如Akhilleus与Herakles智美武勇之士，具Arete全德者也。Epikharmos有诗，述人生四愿，首即富美。Solon说幸福，以为苟得支体强健，面目美好，子孙茂盛，无疾病灾祸，以至善终，是为全福，皆同此意。死后存在，虽所共信，然Hades之地，阴寒润湿，凄厉无欢。死者委弃本形，止存幻影，精力销亡，心意沮丧，声微如蝙蝠鸣，无复人世之乐。故Odysseus入冥，见Akhilleus自言为死魂之主，无宁居地上为贫子之奴也。Pindaros作挽歌，则云人世夜时，日出冥土，照临贤者之上。郊原广邈，是生蔷薇，遍地皆赤。树结黄金果，乳香之味，充塞四际。驰马角技，或宴饮歌吟，各自行乐。其说虽与前者抵连，而现世思想，实出一辙。Homeros以死为虚寂，故当努力于生时。Pindaros则欲于死后，得复享现世之乐。往者原之说，正亦由此而出。至或云英雄贤士为神爱宠者，不待蜕化，即得身至其境，则意尤显著矣。盖希腊之民，唯以现世幸福为人类之的，故努力以求之，径行迅迈，而无挠屈，所谓人生战士之生活。故异于归心天国，遁世无闷之徒，而与东方神仙家言，以放恣眈乐为旨者，又复判然不同也。

希腊思想，既具以上二事，复有第三德以节制之，乃能发达极盛，不至于偏。盖其民特具中和之性（Sophrosyne），以放逸（Hybris）为大戒。行藏无不准此，因亦见于艺文。故其文学，有悲哀恐怖之情，而无凶残之景。戏剧亦不明演杀伤事迹，仅以影写出之。其在美术，尤以安闲著称。如雕刻之像，多静而少动。即表动作，亦至微末，多既事而非将事，皆足以见一斑。由此言之，则希腊民族，诚为世界最有节制之民族也。罗马继兴，承其文化，而不能具其德性，故不免于颓废，终又为希伯来思想所克。中世传说，耶稣降生之夜，行人过南意海峡，闻有呼者曰，大神Pan死矣，俄而号哭遍于山野。人神（Mangod）既逝，神人（Godman）代兴。至三二五年，罗马皇帝Constantine乃定基督教为国教焉。Julian学于Maximos，治Neo-Platonism哲学，及即帝位，欲复希腊古教。三六三年，亲征波斯，殁于军中，志未得遂。四一五年，基督教徒袭杀女哲学家Hypatia于亚力山大府。希腊思想，于是中绝。更越千载，乃复发现，为文艺复兴主因，至于今日而弥益盛大也。

第二卷　罗马

第一章　起源

一　罗马文章与希腊者并称古典文学，为后世艺文模范，唯精神有绝异者。以一语括之，则希腊为尚美，罗马为崇实。故罗马文学，大都朴质无华，无 Homeros 之史诗，亦无 Sappho 之艳歌，非力才不相及，实气禀殊异，有以使之然也。凡民族发达，率由游牧进于稼穑，复以家族为本元，建立部落。是故国民道德，首尚雄武，罗马所谓 Virtus，与希腊之 Areta 正同。唯希腊诸邦独立，相联合而不统一，其在个人，亦多自由之气。罗马则结为一国，凡诸国人对于国家，正犹家族之从家长，故特重义分，所谓 Pietas 之德，盖罗马所独具。草昧之世，人民与天物抗争，复御仇敌，以保其生，多历辛苦，罗马民族，感此甚深，乃成厚重之性格

（Gravitas）。合是数者为民德，故主保守，重秩序，而尚实用。Cicero论希腊罗马国民性之差违，以为学问知识，希腊为长，唯于治术，罗马独有其不可及者，所举厚重果毅弘深诚信诸德，良足为之代表。盖罗马事业，本在政治一端。绘画雕刻，大抵模仿希腊，文学亦少独创之美，唯能随在不失其国民性，故亦自有罗马之特色也。

罗马崇实之风，亦见于宗教。其神话传说，虽多受希腊影响，而根本思想，截然不同。美之宗教，非罗马人所能喻，抑亦为所不取，故所重者，止在为政治道德之系维。神人关系，犹家长之于宗子，神责人以从顺，人亦求神以佑助，各尽其分，归于两利。如希腊哲学，纯以求知为本，罗马则重致用。其优礼哲士，所取乃在决疑解惑之功，非以谈玄为贵，其于宗教，亦犹是也。罗马神话十二大神，与希腊诸神，适可相当，如主神Jupiter其妻Juno，其子女Minerva（工艺女神）Vulcanus（冶神）Apollo（音乐之神）Diana（佃猎女神）Mercurius（宣传之神）次之。Ceres即地母，Neptunus为海神，战神曰Mars，爱之女神曰Venus。希腊之Eros，则为Cupidon，小儿有翼持弓矢，状貌悉同。最末有Vesta，为灶火之神，希腊云Hestia，凡祭必先祀之，罗马崇奉尤至，盖家庭之主神也。唯此众神（Di Consentes）乃皆后起，民族所奉，本为耕种牧畜之神。有Saturnus与其妻Ops，司播种收获，后世举以配希腊之 Kronos 与 Rhea，唯希腊仅以象宇宙，与农业祖神大异。次有园圃之神 Vertumnus，果神 Pomona，花神 Flora，蒲陶之神 Liber，其妻 Libera 并司百谷。山林之神 Silvanus，田野之神 Faunus，为 Saturnus 孙，其妻 Fauna，称善惠女神（Bona Dea），司百物生长，崇奉最至。牧场神曰 Pales，养马之神曰 Epona，降至畛畦有神 Terminus，粪壤有神 Sterculius，则皆为罗马独有之思想，因重农而出者也。Herakles 之在希腊，高贵武勇，为国民理想之英雄。罗马之 Hercules，则为围场（Herctum）之神。即此一端，二者之差可见。自然现象之人化者，如日 Sol，月 Luna，启明星 Lucifer，曙 Aurora 等，略与希腊同，亦信死后存在，而幽冥别无定处，亦不言主者何人。唯谓人死由 Orcus 为政，魂归地下，故地母（Terra Mater）称善女 Mania，鬼祖母（Avia Larvarum），亦曰沉默女神（Dea Tacita）也。民间以时祀其先灵，不异生人。今读墓志文，多以为永久安息，盖以死为长眠，至 Hades 传说，亦行于世，唯本出希腊，非故有者也。

二　罗马文学，始于韵文，而独无史诗。古时甚重挽歌，又 Cicero 言，罗马宴集，恒歌颂先人事迹，佐以箫管，皆足为史诗基本。第所歌为先世功烈，而非国民传说，故不能流行民间，其歌亦悉湮没。今所存最古之作，唯有颂歌而已。罗马三月（Martius）为战神之月，祭师击盾，歌踊以祈神。所谓踊者之歌（Carmina Saliaria），犹散见古籍中。唯宗教仪式，笃守旧章，历世传授，弥复讹阙，至歌者亦自茫然莫明其意。且罗马人之宗教观念，与希腊异，其举行祀典，但依法定仪文，尽其职分，以待神之报施，不尽本于灵感。故歌辞自阙深挚之情，于后世艺文，亦少影响，唯以时序言之，为最古耳。

希腊喜剧起于村社，罗马亦然。其悲剧一支，纯出希腊，喜剧发达，亦多受外来感化，然自有本源，非全由于移植。原始喜剧，约有三种。一曰禁厌曲（Fescennini），二曰杂调曲（Satura），三曰 Atellan 曲（Fabulae Atellanae）。禁厌曲之起最早，多行于秋收或酿熟时。村人聚宴为乐，以歌互嘲，更迭唱和，作诸姿态。原意盖在禁厌，非以嘲笑为乐。凡喜乐庆幸之事，易招羡妒，为"恶眼"所中，故必有以禳之。凯旋及婚嫁时，皆须此曲，命意亦同。古以为亵渎之词，力能破除不祥。Fascinum 一言，即禁厌曲之名所从出，又云木刻生支，小儿县之颈间，谓可辟邪祟也。

杂调曲之字，源于 Satura Lanx，谊曰满盘。Ceres 与 Bacchus 祭，农人献新果，或诸谷食，杂和而奉之。后引为曲名，言其歌舞笑敖，声音庞杂也，Vergilius《田功诗》中，言 Ausonia 人民戴木皮假面具，放歌狂笑，以颂酒神。盖与禁厌曲相似，又尝用以攘疫，唯结构，较为完善。及希腊文化兴，遂不复演，唯文人或仿作之。是后发达，成讽刺诗（Satira），为罗马特有之文艺。一篇之中，诗文杂出，诗之韵律亦前后不一，盖犹存杂调余风矣。

Atellan 曲以地得名，至基督前三世纪时，始流行于罗马。其先视优伶为贱业，以奴为之，不得预外事，至是而名门子弟竞习其事，不复以为辱。是曲多演民间滑稽行事，人物类型，约有四种。一曰痴骏（Maccus），二曰髦夫（Pappus），三曰夸者（Bucco），四曰狡叟（Dossennus），各有面具，表示性质，有后世分配脚色之风。后经文人改作，益复发达。曲词虽多散逸，唯观其篇名，如"痴骏为兵"（"Maccus Miles"），"痴骏为女"（"Maccus Virgo"），"髦夫为农"（"Pappus Agricola"），"二狡叟"（"Duo Dossennus"）等，犹能想见其诙谐之精神也。

罗马散文最早者，为《十二章法典》。基督前四五一年，始立十章，次年又益二章，并镌铜以示公众，世称公私法律之源泉。其文至古拙，罗马少年入学，必诵此文，至 Cicero 时犹然，影响于文学者甚大。罗马国民性格之养成，于此文亦甚有关系也。

第二章　希腊之影响

三　罗马民族，长于治术，起自草昧，不及五百年，蔚为大国，统有欧亚，然武功盛而文事遂衰。Cato谓古时不重文术，有习为诗歌，或屡赴宴集者，世以游民目之。盖时势所需在战士，不在诗人也。及前三世纪时，国内统一，日渐强大，奄有意大利之地，国既乐康，乃有余裕以治文事，又受希腊感化，故文学骤兴。其先罗马与希腊，亦时有往来，且采用其字母，唯别无他效。及前二七二年克Tarentum，希腊文学乃流入罗马。盖罗马第一文人，实希腊人而见俘于Tarentum之役者也。

Livius Andronicus（前284—前204）本Tarentum人，被俘为罗马人Livius家奴。主人知其有学，命子弟从之读，并为免其籍，Andronicus遂兼二姓。时罗马初定，教化未具，学校讽诵，唯十二铜章，社会娱乐，则杂调曲而已。Andronicus乃译史诗 *Odysseia* 为腊丁文，以教学子。又编译希腊戏剧，于罗马大祭（Ludi Romani）时演之，大为国人所好。又作颂诗，令处女二十七人行歌道上，以禳妖祥。罗马人欲酬其劳，始设文社（Collegium Poetarum）于Minerva庙中，以Andronicus为长。于文学与言语之发达，至有力焉。Andronicus本常人，别无文才，故造诣殊浅。唯希腊艺文，实由是始入罗马，后世史诗歌剧，无不发源于此，乃其所以为大也。

Livius之后，继以Gnaeus Naevius（前276—前199）。二人皆致力于戏曲，Livius系出希腊，业教师，Naevius则罗马市民，从军布匿，通希腊文言，故所造不同。Naevius作剧多本希腊，然恒出己意，溷合二剧为一，时见独创之才。又取材本土，立历史剧（Fabula Praetexta）之基本。今就曲名计之，凡作悲剧七，喜剧三十四。盖其性偏喜讽刺，亦以是屡得祸，而卒不改，终被流放，死于异域。又有纪事诗 *Bellum Punicum* 七卷，仿希腊史诗体式，叙布匿战事。前二卷述罗马创国，溯源于Aeneas，为Vergilius前驱。今诗已散佚，仅存断片而已。

Quintius Ennius（前239—前169）生于南意之

Rudiae，其地本希腊属土，故史家以为希腊人。唯 Ennius 自谓系出 Messopus，乃未属希腊前王室云。所作颇多，戏曲外有杂咏六卷，史诗 *Annales* 十八卷，最有名。悲剧今存篇名二十有二，多记古代 Ilion 事。其所师法，为 Euripides，于神人关系，生死祸福诸问题，多所讨论。断片中有云，世或有神，但于人事无予。神如有知，当使善人福，恶人祸，而今不然也。又力斥巫师，谓以富贵许人，而得一金之酬。其怀疑思想，盖与 Euripides 相似。杂诗中有 *Epicharmus* 一卷，述 Pythagoras 派诗人四行学说。*Euhemerus* 一卷，又名 "圣史"（*Sacra Historia*）则以历史法释神话，皆可见其明达之思致也，杂咏者，即以杂调曲原语为名。其体或文或诗，或独白对话，或叙事抒情，俱无不可。及后多以寄讽，Satura 之语，遂转变为 Satira，专指一事矣。

　　Ennius 作 *Annales*，记罗马史事，始自 Aeneas，唯不及 Ilion 出亡，仅言其抵意大利后事，至并世而止。Ennius 作此诗，以 Homeros 自居。云古诗人之魂，转生为孔雀，次为哲人 Pythagoras 再转而为己身。然此非轮回信仰，特自负之意而已。古代史诗，取传说为材，多涉神异，出于自然，若咏后世史实，则不能相合。且恒略古而详今，亦未能匀称。唯其崇高之思，堂皇之词，善能表罗马之伟大，全篇一贯，不愧罗马史诗

（Romais）之称也。今所存仅六百余行，约为全诗四十分之一。复多断缺，唯数章稍完，然相连续者，亦唯二十余行耳。

第三章　戏曲

　　四　罗马最早作家，皆并作悲喜二种剧，至 Plautus 与 Pacuvius 出，其业始分。Titus Maccius Plautus（前254—前184）生于乡邑，至罗马演 Atellan 曲，稍有积蓄，去而为商，尽丧其资。复至罗马，贫无以自存，乃佣于磨工家，以余暇作喜剧，渐见知于世，遂为专业。后世所传 Plautus 曲，凡百数十首，唯太半托名之作。Varro 谓真者仅二十一篇，今所存数，与此正同，第未必皆自作。其曲仿希腊近期喜剧，取材于 Philemon 与 Menandros。人地名称，多用希腊之旧，唯间杂罗马风俗。盖罗马人演剧，以希腊为师，自审不逮，因不别创。又第为娱乐计，非欲讥弹社会得失，故取材异国，于事甚便。剧中言及罗马事物，多以 Barbari 一字加之，亦不以为忤。此正所谓希腊衣之喜剧（Comoedia Palliata），与罗马衣之喜剧（Comoedia Togata）异者也。Plautus 曲所叙为家庭社会两方，不涉政事。其中又可分爱恋、欺诈、离合、缪误诸类。《Casos 女》（Casina）与《商人》（Mercator）二剧，言父子共争一女，拈阄以决胜负。Menaechmi 兄弟二人，以貌相似，生诸纠葛，为缪误喜剧（Comedy of Errors）之本源，Amphitruo 一篇，亦属此类。Jupiter 化形为主人，占其室家，Mercurius 则化其奴 Sosia，拒主仆于门外。Sosia 皇惑，至欲自改其名。及 Amphitruo 为神所击而晕，醒时乃闻其妻 Alcmena 产二子，并神异。此时已非复喜剧音调，Plautus 自称为悲喜剧（Tragico Comoedia），为得其实。Alcmena 一身备有罗马妇德，与剧中事迹相反映。当誓别时，呼崇高上帝监临之，其语含讥，达于绝调，可与 Euripides 之 Ion 相比也。《小瓶》（Aulularia）一篇，述 Euclio 之贪鄙，曲尽其妙。至珍惜爪甲眼泪，人如向之乞"饿"亦将必不可得。宝护其藏金之瓶，闻邻人锄地而胆战，鸡就近地搔爬，亦痛挟以惩之。较 Theophrastos 所谓贪人见奴拾遗钱于市，亦呼曰半半者，为尤甚矣。又有《俘虏》（Captivi）一剧，最为后世所称，则合欺诈与离合二原素以成。据其自序，亦言殊异他作，Tyndarus 冒祸救其主人，终得并免于难。盖有教训之意，对于主奴问题，亦颇受 Euripides 影响者也。

Caecilius Statius（前 219—前 166）本 Gaul 人，被俘为奴于罗马，后得释。与 Ennius 友善。以喜剧名。所作今仅存三百余行，曲名四十。其中十六，与 Menandros 悉同，结构亦法希腊，趋于缜密，不似 Plautus 之每用己意造作。及 Terentius 出，希腊式喜剧始益备，Caecilius 盖其中介耳。

Terentius Afer（前 195—前 159）生于非洲，幼被掠，卖为罗马元老 Terentius Lucanus 家奴。主人爱其慧，命受学，复落其籍。遂承主人之姓，加 Afer 一字于后以自别。始作《Andros 岛女》（Andria），大得 Caecilius 赞赏。是后又作五曲，多取材于 Menandros，又率为联曲，合二剧为一。慕希腊文化，欲一见之，遂行。竟不复返，或传其归国时溺于海也。曲中事迹，与 Plautus 作无甚异，大抵爱恋之事，中杂欺诈，终以会合。而制作完善，能得希腊艺术精神。所写社会道德，亦略如前此，唯较有进。子或欺父，然不更益以侮辱，主或责奴，而无复苛虐之刑。即言倡女（Hetaira），亦渐近优美。盖以前喜剧，虽本希腊，亦颇含罗马杂剧之风，Terentius 作，则纯为希腊化之罗马剧，故为更进。唯其剧虽见赏于后世学者，而当时不能谐俗。祭日演《姑》（Hecyra）一剧，观者多散去，以为不及踏䋌与角抵佳也。罗马喜剧，至 Terentius 而臻其极，然亦自此绝矣。

希腊式喜剧，不为民众所好，遂有罗马式喜剧者出。所演皆本国社会情事，去希腊之Pallium而衣罗马之Toga，故遂称之曰Comoedia Togata。结构殊简，状述乡市生活，多以妇人为题材。希腊式喜剧，写奴仆率智出主人上，此则依罗马习俗，多言奴之愚劣。又颇有写实之风，而辞旨时多放逸。有Titinius，Atta及Africanus三人所作最有名。今皆不传，止存篇目，如"Setia女子"（Setina）"女律师"（Juris Perita）"离婚"（Divortium）"温泉"（Aquae Caldae）等，尚可想见大略。又有所谓Fabula Tabernaria者，与此相同，唯所叙皆市肆闲事，故以为名也。

Atellan曲起自民间，渐播都会。初唯即兴成辞，互相酬答，大抵为口语，后乃得文人造作，又易文为诗。有Pomponius与Novius生基督前百年际，所作曲目尚存，约百十余章，唯文词尽逸。继起者为拟曲（Mimus），即希腊之Mimos，从南意流入，用作演剧之余兴（Exodium）。凡Atellan曲多述乡民生活，拟曲则率叙市井闲事。亦有愚夫，称Stupidus，然别无一定脚色。所演多爱恋之事，而恒涉邪曲，又杂以女优，遂渐益颓败。当时作者，如Laberius与Syrus等，今尚存断篇，暗讽时事，指点人情，颇亦可观，唯以较Herodas，则不能及。拟曲虽歌词，而重在姿态，故积久生变，成Pantomimus。止有动作，更无言辞，于是拟曲复反本源，而为舞蹈，与文学史不相系属矣。

罗马喜剧，尚略有创作萌芽，悲剧则纯仿希腊，故其流不长。Marcus Pacuvius（前220—前130）为Ennius甥，又从之学。专撰悲剧。又为画师，故所作不多。存篇目十二，文四百行，多以希腊悲剧三大家为本。学问深博，有学士之称。Lucius Accius（前170—前86）后起，著作较多，凡存目四十一，皆取材希腊传说，又罗马史剧二，并亡失。其文词庄重，故适于为悲剧，人生观则尚坚忍勇敢，时于曲中见之。又咏及田家景物，知天然之美，在罗马文林中，实为第一人也。Accius后，悲剧遂衰，盖寄寓之文艺，与民心格忤。希腊悲剧，本原宗教，凡叙神人事迹，皆所以阐发人天相与之义，非仅以资游观，故发达特盛。逮在罗马，则异域英杰，不能撄感人心，人生神秘诸问题，又非所欲论，于是感兴漓而艺事亦不振。是后有Quintius Cicero等仿作悲剧，唯聊以试笔，不复登于剧场。故悲剧至Accius，正犹喜剧之于Terentius，亦盛极而衰矣。

五　Ennius仿杂调曲作杂咏，第为诗集之类，至Lucilius复一变为讽刺，于是Satura之名，亦音变为Satira，为后世讽刺诗所从出。Gaius Lucilius（前180—前103）系出Campania名门，游罗马，与Scipio等诸显要交往。以与国寓公故，不得预政事，唯旁观既久，见闻所及，时亦感愤，因发之于诗。其家素富有，不藉文字自给，又多识当道，不虑得罪，如Naevius故事。故得任意讥弹，无所讳忌，甚或直举姓名，Persius称之曰鞭挞都市。或以为模拟Aristophanes，则亦止形迹略相似耳。希腊喜剧中有Parabasis撰人对观众直接有所陈述，Lucilius亦用此法。自云，所咏不涉祥异，或飞蛇之事，但记日常事故，或径言衷曲。非求教于学士，亦非以训蒙，但冀告语平人而已。至于二者发达，各不相属。Lucilius通希腊文字，唯所作未尝因袭古人。虽采用Satura，与Ennius同，而讽刺之精神，又其所独具也。

Lucilius作《讽刺》，凡三十卷，今皆散亡，唯就古籍中录得佚文千三百行。为体不一，有独白对语，教谕书柬纪事诸种。所言亦不尽关政事，间记旅行，或宴会游戏情形，后Petronius所作，即因此而转入小说，又有数节，论Pacuvius诸人文字疵缪。盖其作主讽刺，而仍为杂咏性质。文章不事修饰，多用奇字，然亦别具诙诡之趣也。

第四章　文

六　罗马散文之最古者，《十二章法典》（*Tabulae Duodecim*）外，有《大编年史》（*Annales Maximi*）。基督前百二十年顷Mucius Scaevola所纂，凡八十卷，今悉散失。古时每年大祭师以白简纪事，榜之庙堂。Scaevola亦当时祭师，总录成书。Cicero谓其内容甚俭，仅记战事日月食及谷价诸节，故不为后代史家所重。及希腊文化流入，诗曲骤兴，以历史为高深学问，非民间必读之书，故用希腊语记之，有Fabius Pictor等史家五人，为世所知。唯罗马人士，或以为非。Cato用拉丁文作《史源》，于是风尚一变，而散文亦由是兴盛，故后人称Cato为罗马文宗也。

Marcus Porcius Cato（前234—前149）本军人经

济家而非文士，尝诫其子曰，凡文学兴盛时，其国必将衰，故反对希腊文化甚力。所作书亦注重实利，有农事医药演说诸书，总名之曰"示儿篇"（*Praecepta ad Filium*）。又益以法律战术二种，述处世之术殆尽。今所传者，唯《农书》（*De Agricultura*）一卷可考见当时情状，与 Hesiodos 之 Erga 并为后世珍重。然文亦不完，书中详言种蒲陶橄榄法，而不甚言五谷，间亦及家政，次第颇陵乱。盖致用之书，初非文艺，唯罗马民族重农崇实之风，则尽见于是矣。

《史源》（*Origines*）凡七卷，首三卷述罗马建国起源，故得此名。末四卷则纪布匿二次，及以后战役。或疑初本别为一书曰"战史"（*Bella*），晚年始成，后人并《史源》合刊之耳。Cato 恶史家多曲笔，赞扬先世或诸显贵功绩，至不书将帅名字以矫之。唯据 Livius 著史，征引 Cato 在西班牙之事业，云出于《史源》，则亦颇有自伐之意。第自 Cato 出而历史始用拉丁文，是为文学上之功效也。

罗马演说之文，亦始于 Cato。其初议政及法堂辨解，行来已久，唯成于急就，亦不著之篇章。及受希腊影响，乃多治辩学，发达益盛。Cato 虽不悦希腊文化，而演说则多师法 Thukydides 及 Demosthenes。所作凡百五十章，今什九亡失。Scipio Africanus（前 184—前 129）亦雄于词，有《观歌舞学校而叹道德之颓败》

一文，最为后世所知。此他作家，见于Cicero文中者，为数甚众，唯著作悉不传。如Marcus Antonius有盛名于时，而虑人捃拾其词，反见诘难，故不复下笔，盖已纯为律师，非复文人矣。

第五章　诗

七　罗马文学，开创于 Andronicus 及 Cato，分途并进，遂有黄金时代（前 70—14）之盛。唯文章发达，尤过于诗。盖该撒时代，罗马自共和入于帝国，政争方烈，俊杰之士，多倾向于致用，欲自表见，文学趋势，亦因之而变，散文大盛。如 Cicero 之演说，Caesar 之史，Varro 之学术，皆出 Cato 一流。诗则不多见，独有 Lucretius 与 Catullus 二人。一为哲学诗人，乐生而慕死，一则爱恋之歌人，皆于政治生涯，无所连缀，故独立当时，自成一家也。

Titius Lucretius Carus（前 99—前 55）者，Epikuros 派哲人，所著《物性诗》（*De Rerum Natura*）一篇，则其唯物论之世界观也。Epikuros 生基督前三世纪时，

当希腊季世，国内扰攘，故创快乐派学说，欲人能不为境地所拘，自得幸福。其说以乐为至善，要在淡泊自处，享清纯之悦乐，避欲望之牵率，以至"无扰"（Ataraxia）之境，是为人生究竟。故其教人，以隐居怡志为务，而尤在了彻生死。人因愚蒙，不知死后情状，乃由谬解，而生恐怖，挠乱其心，不能宁乐。乃本 Demokritos 原子说，作《自然论》（Peri Physeos）三十七卷，以为一切是原子（Atomoi）合成，无有灵魂，故亦无死后之存在，Epikuros 派哲学，虽易流于为我，又主张无神，颇得后世教徒责难，然其原旨，本极崇高。Lucretius 处罗马纷争之际，超然高举，述先哲之说以励俗，盖亦有深意存也。

Lucretius 行事无可考，四世纪时基督教徒 Hieronymos（St. Jerome）著《编年史》，记之曰，基督前九十四年，诗人 Lucretius 生。后以饮丹药（Amatorio）发狂，病中作书数卷，Cicero 为之校正。四十四岁自杀云。唯史家多疑之，盖基督教徒或以 Lucretius 诗言无神，故谓为狂易中作，又因属快乐派，遂言服丹药也，征之当时传记，始得定其生卒年代，至一生事迹，则无可考见矣。

Lucretius 之思想，出于 Epikuros，诗则仿 Empedokles，爱憎聚散与适者生存之说，亦出于此。《物性诗》凡六卷，首二卷论宇宙原质与造成之理，为全书根本要义。谓无限虚空中，存无限原子，互相牵引，结聚成形。是诸原子，复具种种形相，以是差别，遂生色味热诸性。次论灵魂（Anima），亦为原子所成，而特微小圆整，团结胸际，分布四体，与外物接，缘生感觉，唯同为物质，与体魄俱散，既不具于生前，亦不存于死后，是故死无足畏，而生乃不可不乐，则养生尚矣。第四卷论五官感觉。五卷论世界庶物起原，因及生物与社会进化，多有精义。原子聚散，而成宇宙。植物出于地，如毛发然，次生兽与人，至地力竭而止。庶类争存，优胜劣败，终如今世所见。次言原人生活，不异野兽，始有婚姻，文化乃启。其论言语宗教，火食用金缘起，多与后世学术相合。第六卷解说天然现象，如雷电龙卷，火山地震原因，并归之于自然力，斥神功说。此全诗之大略也。

Lucretius 以诗说哲理，故由文艺与学术言，皆有至大之价值。法人 Comte 尝分知识为三大时期，一曰神学时代，主信仰。二曰哲学时代，主思索。三曰科学时代，主实验。Lucretius 生于古代，而学识已几达最上一程，如言神学则主无神，物理则主唯物，心理则主感觉，伦理则主乐利，皆甚精深，为世希有。以持唯物论故，乃由厌世，而转为养生。世人为爱欲迷妄所苦，如小儿在暗室中，生诸恐怖，故以诗导之，俾至光明，此为作诗之旨。虽说理之言，每不能成佳句，或用神话象征，间失之晦，而描写景色，体察物情，多极美妙。如卷二述母牛悲鸣，索其为牺之犊，最为世所赞赏。希腊古人之哲理诗，既悉散亡，Lucretius 此诗，遂成独一之作，文辞思想，影响后世亦甚大，Vergilius 其尤著者也。

八　Lucretius 以养生思想，自成哲学诗派，Catullus 之抒情诗，则为当时亚力山大诗风（Alexandrinism）代表也，希腊自三世纪前以来，政非自主，诗歌因亦不振。长篇巨制，不复有闻，唯小史诗牧歌艳歌诗铭诸体，流行于世，大抵抒写情思，复述神话，叙田园事物，或言爱恋。是为希腊衰落期文学，而影响于罗马则甚大。盖政局扰攘，颇有相似，故风气亦自翕合。且史诗剧曲，皆庞然大作，又由国民宗教演化而出，具有希腊特质，模拟极难。亚力山大时代著作，则合东西思藻，和会而成，较为溥博，易得感通，故该撒时代，亚力山大诗派，遂盛行于罗马。Kallimakhos 艳诗，Theokritos 牧歌，势力甚大。此他诗人，亦盛见师法，如 Philetas 之诗集，Aratus 之学术诗，Lykophron 之小史诗皆是。基督前七十三年顷，Parthenius 始至罗马，创立此派。Valerius Cato 之 *Lydia*，盖犹 Battis 之属，Gaius Helvius Cinna 著小史诗 *Zmyrna*，九年乃成，今悉散失，仅存三行。Catullus 则 Kallimakhos 之流，其诗独传于世。

Gaius Valerius Catullus（前 84—前 54）十五岁能诗。至罗马，与诸名人交游，三十而卒，今传其诗百十五篇。八为长歌，皆催妆诗（Epithalamium），或小史诗（Epyllia）而涉及婚姻者。四十八为短歌诗铭。余皆抒情诗，为尤佳之作。Catullus师法希腊，上及独吟诗人诸家，不限于亚力山大一代，故造诣特深。发表个人情思，无所粉饰，深挚朴醇，尤为世人赞赏。尝爱Clodia，悲欢之情，俱寄于诗。最初投赠"Ad Lesbiam"一章，仿Sappho之"Eis Eromenan"而作，故以Lesbia称Clodia，比之Sappho也。Clodia者，本Callia总督Metellus Celer妻，多行不义，世传其毒杀故夫，拟之巫女Medea。初亦善遇Catullus，后复弃之去，Catullus怨望，诗有云，吾憎且爱，不自知其故。终乃决绝，以诗告别，仍用Sappho诗体。末云，往昔之爱，今已见毁，如野华为犁所触，颓然委地。与Sappho佚存诗中第九十四，词意略同。是后Catullus遂与Cinna游希腊诸地，取材异国，作小史诗，颇加藻饰，如并世诗人，别无特色也。

Lucretius与Catullus之诗，绝不相似，然足以表示时代精神则一。Lucretius代表当时怀疑思想，Catullus则代表享乐之风。其一避世，为深思之快乐派，其一乐生，为任性之快乐派也。Catullus诗多主行乐及时，实即悲观人世。"Viuamus, mea Lesbia"一篇中云，日入能复出，吾辈微光灭时，将长夜永眠矣。又《哀黄雀》一诗，固是因人及物，亦悲美之不久存。唯其忧思，

本于一身经历，非遍及人世，故 Lucretius 之悲闵，在
Catullus 乃为放浪。然能独成抒情诗宗者，亦正由此。
Fénelon 谓为独具 Passionate Simplicity，良为知言也。

第六章　文二

九　罗马演说之文，始于Cato，至该撒时代而大盛。Cicero为代表，正犹Demosthenes之在希腊末世，文章器识，足相仿佛，而得祸亦同。Marcus Tullius Cicero（前106—前43）少从罗马诸名师修哲学法律，又通希腊及本国文学，尤长辩学。尝为人辨弑父之罪，作"Pro Roscio Amerino"一篇，遂知名。与该撒同为执政官，为敌Clodius所构陷，遂亡入马其顿。晚年丧女，因从事哲学著作以自遣。及四十四年，该撒见刺，复返罗马。演说攻执政官Marcus Antonius之专横，凡十四篇，后世谓之*Antonianae*。次年遂为Antonius所杀。Plutarkhos著《名人列传》，记Augustus后读Cicero书，叹曰，是能言人，亦爱国者也，足以尽之矣。

Cicero 著演说，今存全文五十七篇，断片二十余种。又演说论数卷，其一曰 *Brutus*，用答问体，述与 Brutus 及 Atticus 论古今辩士优劣之言，甚足以资考证。所著哲学书，有《神性论》(*De Natura Deorum*) 五卷，《极致论》(*De Finibus*) 三卷，皆主客语，各据所奉宗派立说，互相讨论。Cicero 所论，率本希腊诸家著述，今原本散失，尚得藉此以知梗概。又《国家论》(*De Republica*)《法律论》(*De Legibus*) 二书，皆仿 Platon 论政之作，唯所言制度，非由理想而据事实。盖其最善之国家，即 Scipio 时政体，法律亦以十二章为本，加以修正而已。

Cicero 亦尝作诗，多取神话历史教训为材，今存百数十行。Plutarkhos 传中称为当时最大诗人，然以较 Lucretius 等，乃不能及，或亦诗以人重也。

十　Gaius Julius Caesar（前 102—前 44）以军事政治名世，亦善文艺。曾作艳诗悲剧论文，今俱不传。仅存历史二种。一记高卢战事，曰 *De Bello Gallico*，凡七卷。一记国内战事，曰 *De Bello Civili*，凡三卷。皆自述经历，颇极简要。Cicero 于 *Brutus* 中，称其不假修饰，自然优雅，如倮露之石像。该撒受议院委任，出征高卢，因纪录成绩，以防反对者之口。一以示有勋劳于国家，一以示进军之故，非缘本己野心，实因形势之不得已。故文词力求切实，不露自伐之气，然颇复枯索，则又简略过甚之故也。内乱纪事，述与Pompeius之战，而推本于议院之不和，以自辨白。尔后继该撒而作者甚多，有《高卢战史》第八卷，传为该撒军官Hirtius作。Sallustius Crisipus（前86—前36）废编年例，作史五卷，修饰文词，益近雅正。又致意于观察，申明因果，不专以记录为事，较之以前史家，更有进矣。

Marcus Terentius Varro（前116—前27）少时学于雅典，曾任民政营造诸职，又数从军。于学无所不知，圣奥古斯丁盛称其博学多著述，谓毕生不能卒读。所著书都计七十四种，六百二十卷，今仅存《田家事物书》三卷（*Rerum Rusticarum Libri tres*），《拉丁语学》（*De Lingua Latina*）六卷而已。Varro著作分诗曲历史考古言语物理农学诸类，中有《像传》十五卷（*Imaginum Libri XV*），图希腊罗马名人像七百余，各系传赞，为图绘书之始，尤为特异。史家Quintilianus谓其作杂曲百五十卷，曰*Saturae Menippeae*。希腊三世纪中，有哲人Menippos，作答问嘲诸宗派。Varro仿之作曲，多刺世风衰薄。其篇目如"六十翁"（"Sexagessis"），"早起者"（"Manius"），"人市"（"Anthropopolis"），皆可见大略，而文悉亡失，今仅存六百行也。

《拉丁语学》二十五卷，分形声变化语法三部，今存六至十凡六卷。《田家事物书》，为Varro八十岁时作。自言从躬耕实验来，欲传布农事智识，与Cato相似，而文术更进。全书悉用对语，复以乡村行事点缀之。首卷叙村人俟乡官（Aedilis）于地母庙中，纵论土地耕种之法，已而乡官之仆奔至，知已见杀，于是散去，约明日共临葬事，颇有剧曲之风。次卷论畜牧。第三卷论农家利益。言著者与村民集人家檐下，待乡官选举消息，共说收养鸟兽及蜜蜂方术，旁及花果。迨选举毕，乃各别去。文中夹叙琐事为华饰，故致用之书，亦兼有艺文之美矣。

第七章　诗二

十一　该撒既殁，Augustus 继起，代 Antonius，立罗马帝国，称奥古斯德时代（前 43—14），文学发达最盛。与前期相衔接，而趋势大异。政治统于一尊，庶民无参议之机，演说于是顿绝。作史者不敢平议时事，则多以古代为限，Pollis 撰《三头政治史》，Horatius 诫之，谓如履隐火之上，遂亦至四十二年而止。言论失其自由，故散文衰歇，而诗歌转盛。奥古斯德喜文艺，尝自制剧曲，又欲联结士人，自固政治上之力，因提倡文术，加以保护。昔日人士，志在经世，或失意无聊，乃始托文词自遣，顾鲜有以此为业者。是时则事势迁易，不复能自奋于政治，于是多改就文学。文士遂为专门之业，得以此存给，故技工亦益进。其为后世所师法，亦以此也。

Publius Vergilius Maro（前 70—前 19）系出农家。父为田家佣，主人喜其勤劳，以女妻之。Vergilius 生长林野间，甚受感化。游学诸地，终至罗马，习希腊文于诗人 Parthenius，修哲学于 Epikuros 派学者 Siro，又读 Lucretius《物性诗》，思想大进。当时仕进，唯军事法律二途。Vergilius 乃出为律师。而性怯，又讷于言，体复荏弱，不能任重大，遂弃去隐居北方，以著作终老。所作有《牧歌》十章，《田功诗》四卷，史诗 *Aeneis* 十二卷，并存。其为诗审慎周详，期于至善，《田功诗》之作，需时七年。*Aeneis* 则十一年未成，垂殁时自恨拙劣，命悉焚遗稿。奥古斯德要取 *Aeneis*，命二文人编订刊行，其余尽逸，有小史诗《蚊》（"Culex"）《海鸥》（"Ciris"）田园诗《叶》（"Moretum"）等，或谓 Vergilius 作，然无明证，故别列于后。

牧歌（Bucolica）通称 Ecloga，语出希腊，但云诗选，以原题如此，后遂仍之。歌仿 Theokritos，即牧人名字，亦俱用希腊式。唯 Theokritos 写 Sicilia 风物，加以美化，仍不失真。Vergilius 则意不在写实，但假田园景物，寄其诗美，故诗至美而稍阙自然之趣。Theokritos 牧歌第七，自号 "Simikhidas"，与友人共赴村社，Vergilius 本其意，多以牧人自况。四十一年官军收没民田，分授军士，Vergilius 之地亦被收，后请于朝，始得免，故数见于诗。又屡咏其友 Gallus 与 Varus 等，仍诡为行牧者，遂开牧歌因袭之例。后世之 Pastorale，写牧人生活，辄以当时士女寄托其中，实由此起也。第四章世称"救主诗"，作于四十年。乱离之后，希冀太平，言有小儿降生，将使世界复返黄金时代。禾稻遍野，荆棘生蒲陶，槲栎滴甘露。词旨与《伊赛亚书》仿佛，或以为基督诞生之兆。唯一世纪前，犹太思想，曾流行于意大利，Vergilius 或受影响，遂以入诗。若为预言，则与中世传说，以 Vergilius 为术士者，同一无稽也。

《田功诗》（*Georgica*）凡四卷，分论耕种树艺，牧畜养蜂诸事。盖仿 *Erga Kai Hemerai* 而作，唯取材甚广。Hesiodos 外，多采 Aristoteles 及 Theophrastos 诸人学说，又甚蒙亚力山大时代学术诗影响。如卷一论占候，本于 Aratus 之《神示》（*Diosemia*），卷三论蛇，本于 Nikander 之《动物学》（*Theriaka*），卷四则多拟《养蜂书》（*Melissurgika*）。又复参考本土撰述，如官师传说，田家谣谚，无不遍及，而得力于 Cato 与 Varro 二氏之作尤巨。Vergilius 集众家精华，加以锻炼，自成一家之书，其才至伟。盖自 Hesiodos 以降，为学术诗者，多重述学，意不在文，故枯索无兴趣，Vergilius 略仿 Varro 之意，寄学术于文章，务令华实相称故能具善。论者以为古来学术诗中，唯此一篇，能令后世爱诵不置，盖又高出 Hesiodos 上矣。

Vergilius本治Epikuros派哲学，又极喜《物性诗》，故其思想之见于篇中者，多相类似。唯Lucretius屈于自然，遂以静息为安。Vergilius则谓当以人力胜天行。卷一言凡事到行，渐流于下，人生如拏舟逆流，其进至缓，稍纵复退。唯力作不懈，终胜一切，得自存于竞争之世。此二者人生观之不同，亦足见时代精神之大略也。Vergilius爱祖国，生长田间，爱乡村生活，又际战乱之后，目睹民生坠落，深所忧念。故欲提倡农业，振起邦国。田功一诗，非第传布农事知识，如田家事物书，实并含爱国济世之意，所谓人生劳动之福音也。

*Aeneis*十二卷，Vergilius为歌颂祖国光荣之作。首六卷叙Aeneas自Troa（Ilion）城破出亡，漂流海上，遍历危难，以至意大利，大旨仿Homeros之*Odysseia*。后六卷仿*Ilias*述Aeneas与Turnus战事，盖用罗马剧家作联曲（Contaminatio）故法。卷四言布匿女王Dido，则多以Apollonius之*Argonautica*为模范。Vergilius尝云欲咏Caesar战绩，唯近世事实，不适于史涛，故远求之神代。Aeneas以Troa贵胄，承天命合Latinus王室，建立新邦，以明罗马之兴，其源已远，非由偶然。该撒时，罗马名家喜言氏族，率推本Troa，高自位置。Vergilius乃引Aeneas子Lulus，定为Lulius族所从出，以尊Augustus，而赞美罗马之大业，则又其一事也。Aeneas为人虔敬厚重而武勇，具罗马诸美德，足为民族代表，

故 *Aeneis* 一篇，称为罗马国民史诗。唯文人著作，异于自然之诗歌，故与 Homeros 复不能并论也。

《蚊》（"Culex"）相传为 Vergilius 少时作。言有牧人昼寝，为蚊所螫，觉而杀之，乃见一蛇，方将见啮，亦杀之。是晚蚊乃入梦自诉，牧人遂为立碣，报其惠。《海鸥》（"Ciris"）亦小史诗，言 Scylla 化鸟事。皆有亚力山大诗风，与 Vergilius 作不类。

《叶》（"Moretum"）一篇为牧歌。叙农人冬日早起，取火蒸饼，捣菜作齑已，乃出耕，多写实之致。Vergilius《牧歌》中，无与此篇相似者。《田功诗》卷一，言农夫夜起，以刀削火炬，其妻梳理羊毳，作歌自遣，或煮蒲陶甘汁，以叶掠去釜上浮沫。卷三言灌园老人，春时最先得蔷薇，秋得频果，冬得水仙之华，亦多重理想也。当垆女（Copa）歌舞以招酒客，歌曰，饮酒掷骰，勿念明日。死神附耳而语，云汝善乐生，吾行且至。放旷之辞，亦与 Vergilius 之思想异，故论者以为俱非所作也。

十二　Quintus Horatius Flaccus（前 65—前 8）出身微贱，类 Vergilius。少时游学罗马，又至雅典，倾心于共和之治。从 Brutus 转战经年，及民师失利，遂亡去。未几复返罗马，穷困无聊，乃始作诗歌，冀得资助。时 Vergilius 以牧歌闻于世，史诗有 Varius，戏曲则有 Pollio 与 Faudanius，虑无以自见，因改作讽刺诗及长短句（Epodi），大抵嘲讽时人。Vergilius 等见而赏之，为言于执政 Maccenas，甚见优礼。Horatius 始得一意为诗，业益进。所著有讽刺诗二卷，长短句十七章，短歌四卷，尺牍二卷，《诗法》一卷，俱存。

Horatius 作讽刺诗，本仿 Lucilius，唯在帝政之世，又落魄不遇，无缘与显要接，故言不及政治。所刺止于世俗，初亦直书姓名，后渐转变，写类型而不限于个人。能合庄重诙谐为一，故极美妙。Horatius 自称讽刺诗云闲谈（Sermones），示与诗别也。长短句本 Iambos 之一体，始自希腊之 Arkhilokhos 多用于嘲骂之诗。Horatius 始仿作之，用抒情诗体，寄讽刺之意。短歌（Odae）百三章，则即兴写情，诸体悉备。思想多出养生哲学，故诗歌屡叹人生之促，以享乐为第一义。所谓及时行乐，勿顾后来，以世无全福之人也。唯 Epikuros 主退隐，而 Horatius 则谓人当利用天赋之才知，与患难抗，为国人有所尽，乃与 Vergilius 同，盖兼奉 Stoikos 派学说者也。

韵文尺牍（Epistulae），为希腊所未有，Lucilius 尝偶一为之，至 Horatius 始成专书。常并讽刺诗称之曰闲谈，唯二者性质殊异。讽刺诗出于杂调曲，本为民间娱乐，重在通俗，即经转变，旧质仍存，故不避嘈杂粗鄙之辞。尺牍则投寄个人，用语自益雅正，状物说理，皆可应用，不以讽世为限矣。Horatius 所著，卷一多言道德，卷二言文艺，微言妙语，错出其中。《诗法》（*Ars Poetica*）本亦尺牍之一，名"致 Piso 氏兄弟书"（*Epistula ad Pisones*）。论作曲之法，大旨以希腊学说为主，而融会贯通之，影响于后世文学甚大。唯本非学术之书，故无系统，又偏而不全，于史诗抒情诸体，少有说明。"诗法"之名，乃后人所加，未为当也。

十三　Elegos 在希腊本为哀歌，后渐以咏他事，亚力山大时则专以为艳歌，恒用女子名其集，如 Philetas 之 *Battis* 等是。该撒时代，传入罗马，至尔时大盛。故史家 Quintilianus 云，罗马 Elegi 可与希腊比美，并举四人为例，即 Gallus，Tibullus，Propertius 与 Ovidius 也。

Cornelius Gallus（前 70—前 27）为 Vergilius 友，屡见于牧歌中。以武功官埃及，后以言行不检，触 Augustus 怒，遂自杀。所作诗四卷曰 *Lycoris*，今不存。

Albius Tibullus（前 54—前 19）依 Messalla，尝从征高卢，而性恶战事，曾言孰始造剑者，其心坚如铁。胜利光荣，亦非所冀，歌咏皆爱恋之事。所著诗三卷，首卷太半咏 Delia 之歌，次卷则言 Nemesis，并女子假名，与 Catullus 之称 Lesbia 同。第三卷颇陵杂，或疑是 Messalla 门下诗人所撰，非一人作也。Tibullus 与 Vergilius 生同时，而不为史诗，亦不言学术。自云以歌求爱，倘不能至，将放诗神而远之。唯又爱田家景物，时有牧歌余风。然复云芳华遍野，鸟鸣于林，无

Nemesis在，亦不为乐，则仍为爱恋之歌人，与他诗人异也。

Sextus Propertius（前50—前16）作 *Elegi* 四卷。尝爱Hostia，遍历悲欢之境，悉寄其情于诗，如Catullus之于Clodia。第一卷单行，称 *Cynthia Monobiblos*，亦以女之别字为篇名。Hostia本诗人Hostius女孙，善歌舞吟咏，行迹殆如希腊之Hetaira也。此诗出后，Propertius声名顿起，Maecenas延致门下，渐转而咏他事，然终不及艳歌之善。诗集卷四，存诗十一章，唯二章言及Cynthia，其二为《女子致外书》，四为《古事诗》，说明事物起源。Propertius深通希腊文学，尤喜Kallimakhos，尝举以自拟。Kallimakhos博学多识，著有《物原诗》（*Aitia*）一卷，故亦仿为之，颇影响于后世，Ovidius作《月令》（*Fasti*），即从此出也。

Publius Ovidius Naso（前43—17）在四诗人中最著名，然不因艳歌而因叙事诗，即《变形记》（*Metamorphoses*）十五卷是也。其初学律，以诗集 *Amores* 得名，遂一意为诗。著《爱术》（*Ars Amatoria*），《爱药》（*Remedia Amoris*），《月令》（*Fasti*），《变形记》诸书。基督后八年，忽以Augustus之命，徙于黑海沿岸之Tomi。其获罪之因，据Ovidius自述，谓由诗歌与过失二事。盖Augustus恶其著《爱术》，有害世教，又以与Decimus Silanus案有关，遂流之绝域。Ovidius居

Tomi 十年，作《哀愁》（*Tristia*）五卷，尺牍四卷，自白所怀。又仿 Kallimakhos 作讽刺诗，诅其仇。历叙种种凶死，冀仇亦如之。称集名曰"红鹤"（*Ibis*），相传此鸟性淫，故以为名，亦本于希腊也。

Ovidius 诗集中多言 Corrina，唯事迹前后变易，别无一贯之迹象可寻，盖只是泛咏风怀，未尝专指一人，与 Lesbia 等故有异。《爱术》三篇，授士女容悦之术。Augustus 之世，太平既久，风俗渐趋逸乐，Ovidius 此书，颇能表示当时风气。唯世论非之，乃复作《爱药》以自解，文词思致，不复如前，亦未能盖其前失。后终以是得罪，盖 Augustus 虽怒 Julia 之失德，而推究祸始，实原于 Ovidius，故距著书时已八年，终复穷治之也。

Propertius 集中有《罗马妇人致外书》，Ovidius 遂仿效之，为 *Heroides*。全文云"列女尺牍"（*Epistolae Heroidum*），凡二十一篇。取材多在希腊，如 Homeros 史诗，三悲剧家著作，及近期喜剧皆是，亦并采并世著述。其书描写心理，至为深彻，又善于结构，简牍之文，乃类戏曲之独白矣。《月令》亦仿 Propertius 而作。每月一卷，先就月名解释意义，次述月内星象节候，祭日起源，多引史迹民俗以证之，甚足为考古之助。Ovidius 著此诗，方及其半，遽奉徙边之命，遂辍笔，亦不复赓续，故今日止存六卷也。

变形传说，本于精灵信仰（Animism），为人类所共通。希腊神话中故多有之，至亚力山大时，始有专书辑录，如 Nikander 之 *Heteroiumena*，及 Parthenius 之 *Metamorphoseis*，今皆不传。Ovidius 著，即袭旧名，亦荟萃众说而成。凡十五卷，二百四十六篇。始于洪荒（Khaos）之化宇宙（Kosmos），次述人化木石鸟兽水泉天象种种故事，而以该撒之化升为星终。末卷申言 Pythagoras 学说，用作左证。然所以得世珍重者，乃在故事，而诗次之。其书搜罗广博，古代传说，多藉此得存。文艺复兴时，欧洲文学美术，凡言神话者，几无不以此为本，其影响之及后世，远大甚矣。

第八章 文三

十四 奥古斯德时代散文发达，远不及诗。辩学故自流行，而言论不能自由，政治演说既绝嗣响，即公庭辩解，或私家讨论，且见拘束。Titus Labienus 以直言得犬狂（Rabienus）之名，官命焚弃其书，Cassius Severus 则被流放。亦颇有治哲学者，以 Epikuros 及 Stoikos 二派为盛，诗人多被影响。Stertinius 以诗述 Stoikos 派学说，成书二百二十卷，今尽亡失。Sextus 父子与 Papirius Fabienus 讲学罗马，皆有声望，唯别无著作行世。学术之书，有 Gaius Julius Hyginus（前 64—17），承 Varro 余绪，著农事养蜂诸书。Vitruvius Pollio 仕该撒及奥古斯德两朝，为武库工师，著《建筑论》(De Architectura）十卷。首七卷言造公私舍宇方法，末三卷分论水道日晷及机械兵器诸事，虽专门技术之书，而理论多推本于哲学，亦自具特色可观览。Verrius Flaccus为奥古斯德皇孙师保，作《字义论》(De Verborum Significatu），依字母次第论列之，征引甚广，自Salii之歌以至Ovidius，无所不包，故兼有类苑性质。全书已逸，唯三世纪时Festus书中，掇录概要，得知仿佛。原本A字凡四卷，P字五卷，盖极浩博之作，实为拉丁语最先出，亦最大之字典也。

历史叙时事，易触忌讳，故作者唯敢记录古事，或赞扬王业。Pompeius Trogus著《通史》四十四卷，曰Historiae Philippicae，以马其顿为主，旁及希腊东方诸国。今仅存概要，为二世纪时节本。Titus Livius（前59—17）作《罗马史》，历时四十四年，成书百四十二卷，为奥古斯德朝散文独一大著。今存三十五卷，才及四分之一。思想文章，与先代作者并异，可以见时代之精神，故与Vergilius之Aeneis，并称当时代表著作也。

Livius作史，志在宣扬国光，又重修饰，务使文辞华美，而弊亦随见。缘爱国，则对于外族，每不能持平立论。又缘自尊，则不肯自承过恶，如罗马背盟，或战胜虏略，辄隐讳不书，或多方辩解以求直。且辑录旧史，不自探讨，或传述异闻，亦不定其虚实，多左右两可之辞。盖Livius本文人而作史，故衡以史学，阙憾甚多，然特有史诗传说之趣。奥古斯德朝文风，殆悉萃于一身，而衰落之端，亦见于此矣。

第九章　诗三

十五　奥古斯德朝以后，称罗马文学衰落时期。自
Ovidius 与 Severus 见放，Labienus 书又被焚，禁压言论
之兆已见。专制之世，势不容自由思想之发生，于是感
兴日衰，范围亦益隘，无以挥发情思，文学之事，遂流
于游艺。且承盛世之后，名士流风，去人未远，作者即
以为法。不复远求希腊，渐益颓靡，文学于是不振。大
抵拘牵文句，以技工相尚，或用以歌颂功德。此二者盖
帝政时代必然之果，其端已见于 Livius 前，特至是而益
著。如 Velleius Paterculus 事 Tiberius，作史称其"神功
圣孝"，阿谀无所不至，且并推及其宠臣 Sejanus，即其
一例也。

Tiberius 时代罗马诗歌，鲜可称述，唯 Phaedrus 之

寓言诗，自成一家，能不为风气所限。Phaedrus（前
15—55）生于希腊边境，被俘为奴，后得放免。作寓言
（*Fabulae*）五卷，多据 Aisopos，间亦自造，以讥弹世
事。希腊所传寓言，本为民间譬喻，非出一人，多极自
然，故非 Phaedrus 所及。唯在罗马，乃未曾有，又当专
制之世，诗人缄口不敢言政治，而独能托兴陈词，发抒
己见，自为不凡之作矣。

　　Nero 朝（54—68）罗马文学，稍稍兴盛。Nero 好
文艺，常弄翰墨，故一时化之，诗歌各体，皆有传人。
Titus Calpurnius Siculus 作牧歌七章，多模拟 Vergilius，
寄托亦同。第一章言二牧人见木皮上 Faunus 刻文，预
言 Nero 即位，黄金时代将至。第四章则歌咏太平之乐，
虽亦本 Vergilius，而阿谀之言愈甚，为尔时所独有也。

　　罗马悲剧至 Accius 后而衰歇，间有文人试笔，亦不
复登于剧场。Nero 时 Seneca 作剧九篇，盖止为朗诵之用，
唯其影响于后世者，较希腊作家尤大。Lucius Annaeus
Seneca（前 3—65）学于 Fabienus，奉 Stoikos 派学说。
为 Nero 师保，作《慈仁论》（"De Clementia"）以劝诱之，
国内称治。晚年 Nero 渐暴，遂见恶，适 Piso 谋弑事发，
罗织入罪，赐死。所作别有哲学论数种行世。其曲取材
希腊，而自撰作，与前人编译者不同。合辩学派文章，
与 Stoikos 思想为一，故所叙事如 *Oedipus* 及 *Medea* 等，
皆极凶戾，以死亡为解决，忍苦慕死之风，随处见之。

Marcus Annaeus Lucanus（39—65）为 Seneca 兄子，以诗受知于 Nero。一日论文争持不下，Nero 怒，禁其宣布著作，亦勿得为律师。Lucanus 遂附 Piso 谋乱，事发被捕，切脉而死。著史诗 *Pharsalia* 未完，诗述 Caesar 与 Pompeius 之战，取近事制史诗，而不杂神话，此作实为最先。其后有 Silius Italicus（25—101），作 *Punica* 十七卷。取材于 Livius 之史，而以 *Aeneis* 为范，第用韵文述史事，未能造成史诗也。

Gaius Valerius Flaccus（—88?）仿希腊 Apollonius 作史诗 *Argonautica*，未成而卒。诗止八卷，述 Iason 航海求金羊毛事，而结构稍异前人。言 Medea 之爱，颇极优美，为世所称。Publius Papinius Statius 生 Domitianus 朝（81—96），以诗名世。所著史诗二种，均取材希腊传说。一曰 *Thebais*，叙七人攻 Thebes 故事，历十二年始成。亚力山大时，有诗人 Antimakhos 作史诗二十四卷，言此事始末，Statius 即据以为本，故颇冗长。起自 Eteocles 兄弟之争，至 Creon 不葬 Polynices，雅典王 Theseus 为之复仇而止。刻画凶戾之事，亦有辩学流风，唯本意乃别有在。Thebes 之役，希腊作者恒引为罪恶循环之征，Statius 则于此极言怨毒之害，以警当世。二子绝兄弟天性，又违 Tiresias 预言，为不义之战，至 Mars 与 Minerva 皆为退避不前。及 Creon 乃更恨及死者，Theseus 始为直之。其非强暴而崇慈悲，颇与基督教旨相类，后世因以为教徒，今亦不能详也。次曰 *Achilleis*，咏 Achilles 一生事迹，仅成二卷。Troa 战起，Thetis 鉴于神示，不欲 Achilles 与其役，匿诸宫中，Ulysses 侦知之，卒劝与偕去。诗所言止此，以后战事，已见 Homeros 诗中，非后世模拟所及，Statius 此作，颇能自见所长，藏其所短。虽残篇亦甚足贵，不以未成为病也。又有诗集 *Silvae* 五卷。Silvae 者，希腊语 Hyle 之译，本谊为木为材，辨学派用以称诗文草稿。Statius 自言即兴赋诗，多由急就，未加修饰，遂以名集。总三十二章，太半酬应颂祷之作，对于君相，每有谀辞，盖当时风气使然。若个人感怀，则亦具真性，如 Lucanus 生日及诸伤逝之作，皆是也。

　　十六 Nero 王朝有 Gaius Petronius Arbiter 作 *Satyricon* 十六卷，其人与文，皆特奇异。Tacitus 著史，称其终日高卧，夜起治事行乐。而富于才，为 Bithynia 总督，以干练著称。为 Nero 所知，大得宠任，令主宰一切逸乐之事，故号 Arbiter。后 Sejanus 嫉之，谓参与 Piso 逆谋，遂赐死。Petronius 置酒作乐，断其脉，时复止之，俾弗遽尽，从容听歌诗，或召奴仆加赏罚，不异平时。又作遗书，疏 Nero 凶行，封钤以进。或谓即 *Satyricon*，则于事理不合。盖全书博大，非旦夕能就，且审核内容，亦第实写世相，非刺 Nero 也。

　　Satyricon 亦称 *Saturae*，诗文间出，仍有杂调余

风。其体与Varro之*Menippae*相反，唯Varro以一篇记一事，自为起讫，Petronius则以Encolpius为中枢，联书中事迹而一贯之，颇类小说。希腊Miletos派著作，有Sienna译本行于罗马，Ovidius文中曾及之。然希腊小说大抵有定式，如弃儿海贼之类，又尚华饰而失真。Petronius所述唯日常生活，有写实之风，又多嘲讽，俱非当时小说所及。讽刺诗为罗马独有之文学，Petronius书则又其特出之作也。

*Satyricon*原本十六卷，久亡失。一六六三年，法人Marinus Statilius（Pierre Petit）在Dalmatia得古写本，中存末二卷。其间复多残缺，唯"Cena Trimalchionis"一章最完善，凡五十三节。述Encolpius与其友Ascyltos漫游至Cumae，遇辩学教师Agamemnon，引之赴宴。Trimalchio出身微贱，积资至巨富，时时设宴款接士流，自附风雅，而言行鄙倍，不改故常，食客则极意逢迎之。描写性格，各极其妙。德人Bücheler谓盖取法于Theophrastos之《人品》（*Kharakteres*），而复过之也。其叙述宴会情状，足见当时浮华风气。如蒸野彘以进，膳夫猎衣操刀抉其腹，有画眉鸟飞出，旁有射鸟者执竿以俟，即复捕得之。或奉大筐，中伏木刻孔雀，探藁出卵以享客，则和粉为卵白，中置斑鸠一羽。Trimalchio好与客谈文，伪仆伤臂，即兴赋诗。自言有希腊拉丁文图书各一库，而演Homeristae时，述Troa故事，错杂

无序。谓 Ajax 与 Achilles 争 Iphgenia，因发狂。优人演 Ajax 者，乃骤前切蒸豚，以剑刺肉进客。皆极诙诡美妙，古文学中，殆鲜其匹，唯 Herodas 拟曲，差可仿佛。然拟曲以简洁胜，*Satyricon* 则近于小说，故叙说详明，形容世相，益得尽致也。

Aulus Persius Flaccus（34—62）亦作讽刺诗，而不用杂调体，与 Petronius 异。幼丧父，受母姊覆育，疏于世事。后从 Cornutus 受学，奉 Stoikos 教。仿 Lucilius 等为讽刺诗。仅成六章，卒后其师校正刊行之。Lucilius 生民主时代，得自由言议。Horatius 溷迹世间，熟知社会情状，故能深抉隐微，加以讥讽。Persius 作诗，则仅以寓教旨。所刺亦多抽象事物，于世人无所专指，故辞意不及前人，唯崇高真挚，是所独有。操行亦特清纯，在 Nero 朝诸诗人上也。

Decimus Junius Juvenalis（60—140）行事不可考，后人所作传共十三篇，而纠纷违连，愈不能通。但于 Martialis 诗中，知其素治辩学，至中年始为诗，有讽刺诗五卷，凡十六章。当 Domitianus 王朝，道德废坏，故侈邪僻之风甚盛，识者以为忧，乃寄其意于文字。文有 Tacitus 所作史，叙政事之弛落，Juvenalis 则以诗刺民间失德。自言厌闻神话史诗，不愿更作，而遍观世间，又多讽刺之资，故复不能不作。少时为之剪发者，今已致巨富，有数十贵族之产，以是不平，发为诗歌。哀善士之困穷，讥刺世俗种种恶行尤力。亦常直举姓名，如Lucilius所为，然大抵已殁之人，鲜及当世人物。传言卒以诗忤优人Pairs见放，唯其本末，今亦未详。

Marcus Valerius Martialis（40—104）初依Annaeus氏，及Seneca败，乃以诗干公卿为生。Domitianus知之，召为宫廷诗人。初作诗集二卷，皆格言联句，为投赠题识之用者。一曰"酬酢"（Xenia），咏食品。一曰"贡赋"（Apophoreta），咏庶物，自马骡鸡豚，以至一盖一梳皆具。物虽琐屑，而辞句甚警策，后并入全集中，为第十三十四两卷。Martialis以诗铭（Epigramma）著名。其先Seneca与Petronius偶亦有作，各止数章。Martialis始有专集，共十二卷。其酬应庆吊之作，多谀辞，谢侍宴诗至谓愿辞Jupiter而就Domitianus。又多有放佚语，世颇病之。唯叙罗马当时风俗，类极详尽，可资考证。其诗之精妙者，言简意深，可与希腊作家比美，而墓铭尤佳。有题六岁女子Erotion墓诗云：

Rest on her lightly, O Earth, lightly she rested on thee.

可为一例，Meleager之Aisigenes墓铭，亦无以过也。

第十章　文四

十七　Nero 朝散文作家最著者为 Seneca，有论文
十二篇，尺牍百二十四篇，《自然现象研究》七卷。
Seneca 奉 Stoikos 派说，而不喜言学理，故论文多涉
道德问题，示人处世之法。亦非自有主张，但随时立
论，主于利用。如作《慈仁论》以讽 Nero，或议其聚
敛，则作《幸福论》（"De Vita Beata"）自解。晚年欲归
隐，作《安息论》（"De Otio"）。又见 Paulinus 以世务劳
形，则作文《论人生之短》（"De Brevitate Vitae"）以喻
之。《自然现象研究》（ *Quaestiones rerum naturalium* ）七
卷，分论日光虹霓雷电水雪雹风地震彗星等，多用问答
或尺牍体。盖缀集群言而成，可见当时学术思想大概。
Lucretius 诗曾云，日之直径，可尺有半。至 Seneca 已谓

日大于地，且知地震起于火山，彗星循轨道而行，较百年前知识，已大进矣。

Gaius Plinius Secundus（23—79）本贵胄，历官显要，而性好学，虽饮食或行旅时，不废诵读。随手劄记，积稿百六十册。后为海军大将，值Vesuvius火山暴发，驰赴之，欲观其状，为烟气塞息而死。其子整理遗稿，得《日耳曼战史》二十卷、《罗马史》三十一卷、《投枪法》一卷、《文法》八卷、《自然史》三十七卷。今唯《自然史》存。

《自然史》计序言目录一卷，天文学一卷，欧亚非三洲地志四卷，人类学一卷，动物学四卷，植物学八卷，后十八卷论草木鸟兽金石可为药物者，工艺美术附之，虽以自然史为名，性质实同类苑。据自序所记凡二万事，而辑录众说，不加决别，并收志怪之言。如记非洲部落，有荫足之民（Sciapodae）能举足障日，无口之民（Astomi），齅花果之香味以生。又言海中多异物，盖生物原子，受水风动荡，相结成形，故颇信神怪。唯其影响甚大，中古时欧洲诸国，率以此为知识渊源，至近世实验之学兴，始渐废也。

Marcus Fabius Quintilianus（35—96）初为律师有声，又以辩学授徒，一时名人，多出门下，如小Plinius及Tacitus皆是。论学以道德与文章并重，故感化及于后世者甚大。晚年为Domitianus皇孙师保，授Consul勋位。所作有《辩士教育》（*Institutia Oratoria*）十二卷，虽专门之书，而以道德为言论本源，言辩学乃推本于蒙养。卷一论小学教育，较量家庭与学校之影响，多有精意，故又为后世言教育者所重。

Gaius Plinius Caecilius Secundus（62—113）本 Plinius 外生，Plinius 卒无子，乃继其后，世以小 Plinius 称之。仕 Trajanus 朝，为执政官，有《谢表》一篇今尚存。又尺牍十卷，末卷为任 Bithynia 总督时作，实奏疏之类，后附批答。与寻常行世之尺牍不同，可考见当时情状。

Publius Cornelius Tacitus（55—135）出于贵族，历任要职。初习辩学，及 Domitianus 末年，睹政事隳落，乃改治历史。作史二部共三十卷。又《Agricola 传》（*De Vita Julii Agricolae*）一卷，述妻父行状，虽多谀辞，而简洁优美，为传记文上品。又有《日耳曼志》（*De Germania*），详载地理人类物产制度宗教等，后世治神话民俗学者，于此甚得裨益也。

《史记》（*Historiae*）十四卷，书 Flavius 朝事，今存四卷半。《纪年史》（*Annales*）十六卷，今存十二卷，则上稽前朝 Julius 诸帝。Tacitus 尝言将作史陈过去之苦辛，以证今日之太平。因推而上之，拟更作奥古斯德一代之史，未成而卒。而所谓太平时代，将于晚年写成之者，亦终无记录。Tacitus 作史，意在标揭善恶，为世惩劝。唯恶每多于善，故常不胜愤慨，而于内乱尤所痛心。史叙Cremona之劫略云，未尝为外寇所害，而毁于内乱。又评焚Capitolium云，是为罗马建国以来未有之耻，主神Jupiter之灵庙，先人所建，以镇守邦国者，虽异族胜军，亦不敢犯，今乃以二帝之狂易，一旦毁之云云。可以见其意矣。

　　Suetonius（75—140）为小Plinius友，屡见于尺牍，又以学士（Scholasticus）称之。所著杂书曰"Prata"，盖类苑之属，今已亡失。又有《名人列传》（*De Viris Illustribus*），分诗人演说家哲学者辩学家文法家六类，今存末卷，及诗人传三章，即 Terentius，Horatius 与 Lucanus 也。《帝王列传》（*De Vita Caesarum*）十二篇，记该撒至Domitianus诸帝行状甚详，可与Tacitus史互证。Tacitus作史最重义法，慎于取材，尝谓琐屑细故，不能入史，止足登之日报。而Suetonius则掇拾浩博，饮食谈笑之微，亦并详录，别有可取。又记诸人容貌极详尽，后世据以考证古罗马诸帝造象，甚得其益云。

第十一章 杂诗文

十八 罗马自Hadrianus即位，至于东迁，四百余年间（117—526）文艺鲜可称道。盖希腊文化，渐复流行，希腊文人如Plutarkhos及Lukianos等，皆出此时。罗马皇帝Marcus Aurelius（121—180）治Stoikos派哲学，亦用希腊文著书十二卷，自述感想，其后Julianus（331—363）亦然。又自九十八年Nerva殁后，帝位归于外族，民种愈杂，国民精神，渐失统一，文艺遂亦不振。间有作者，大都客籍之民，已非复纯罗马人矣。

二世纪时，有近代诗人（Poetae Neoterici）者出，改作诗体，力求单纯，唯所作传世极少。Hadrianus亦能诗，属此派，有《小灵魂》（"Animula"）一章，问魂将何往，乃自悼之类，情辞宛转，独具美致，非仅因人而得存也。又有《爱神之夜祷》（"Pervigilium Veneris"）一篇，不详撰人姓名。Hadrianus复兴Venus之祭，春时歌舞迎神，以祈长养。此篇咏其事，凡七节九十五行。纯朴诙诡，如古Fescennini曲，述物色之美，又似Vergilius。每节末有重言云：

> Loveless, mayst thou love tomorrow;
>
> Loving, still tomorrow love.

英人Walter Pater以为此盖当时民歌，诗人采掇入诗，又足之成全篇也。诗本为迎春而作，故多欢愉之音。唯末节云，鸟鸣于泽，或白杨之下，而吾乃沉默。吾之春时，何日方至，吾乃得如燕子，不复喑乎。则转入惆怅，此盖纯为个人抒情之词，与民间赓歌，故复不同也。

Decimus Magnus Ausonius（310—395）生于法国之南方，初治辩学，为Bordeaux大学教授。后入为皇子师保，以功得官，进至执政。时罗马已以基督教为国教，Ausonius因亦改宗，唯其诗别无宗教感化，大抵自述身世之作。有《日务》（*Ephemeris*）一卷，记日常行事颇详。又诗铭一卷，伤逝诸什最佳。

Claudius Claudianus（365—404）本希腊人，居亚力山大府，后至罗马，习拉丁文，作诗多记当世大事。以前代名人为师法，故文辞雅正可观。Rutilius Namantianus系出高卢，生五世纪初，有诗二卷。希望太平，欲合天下为一家，犹有罗马精神。唯时局纷纭，日益离散，终有东迁之事，而罗马国民之诗，亦遂至Namantianus而绝矣。

十九　罗马末期散文著作，几于尽出非洲。Juvenalis诗已言亚非利加为律师诞育地，其来已久，至是乃益著。Marcus Cornelius Fronto（100—175）生于Numidia，讲学罗马，曾为Aurelius师，官至执政。著尺牍五卷，尚存。Aulus Gellus为Fronto弟子，又游学雅典，治哲学。归后编定手记，成书曰 Noctes Attici，凡二十卷，自宗教哲学，政治制度，以至博物考古，史传文学，无不毕备，而论文法字义者，尤为后世所重。其书虽近类典，然大率设为友朋谈论之辞，以联贯之，盖袭用Varro等之成法也。

Apuleius以百二十五年顷生于北非洲之Madaura。游学希腊，尝至罗马为律师。后行旅过Oea，识嫠妇Aemilia Pudentilla，随娶之。妇家不许，讼于官，以为妖术媚惑，Apuleius乃作《论辨》（Apologia）以自解。后定居Carthage，专事著述讲演，甚得国人敬重，至为之造像焉。讲学宗Platon，作书二卷阐明其说。又有《英华集》（Florida）一卷，自选演说文二十四首，为学子模范。唯其杰作，则为小说《变形记》十一卷也。

《变形记》（Metamorphoses）一名"金驴"（Aureus Asinus），记人因幻术化驴，终以神力得复人形，与希腊小说《人或驴》(*Lukios e onos*)事迹相类，自言仿Miletos派小说而作。九世纪时君士但丁主教Photius云，曾见Patras人Lukios所述志怪，为《人或驴》所从出。盖古时本有此说流行民间，为Milesiaka之一种，Lukianos与Apuleius皆据以作书，各有增损，故颇复不同。《变形记》言Lucius行旅至Thessalia，寓亲属家中，其妻Pamphile善幻，能化鸟飞去。Lucius请于其婢Fotis窃药自涂，误化为驴。仓卒不得解药，暂伏厩中，入夜盗至，并虏之去。遍历诸难，后一心祈Isis神乃现形，令食蔷薇花环，得解，遂受戒为Isis教徒。殆Apuleius自道，故书中初以Lucius为希腊人，至末乃言是非洲Madaura人。其结末殊庄重，与希腊小说异，盖游戏之作，而转为譬喻，别有寄托者也。

《变形记》概要，与《人或驴》相同，而描画益详，且多羼入故事，如卷一Sokrates之死，无鼻人之自述，Lucius之杀三酒囊，皆极诙诡可喜，盖亦取之Milesiaka，藉作藻饰者也。驴自盗窟遁出后，为Charite家奴货诸方士，又展转为磨工园丁游兵庖人所得，多阅世故。书中记其见闻，多涉人世罪恶，如卷九记妇人行诈事四，卷十记谋杀事二，皆极凶戾。唯文情幻化，不与实世相接，故不令读者生怖，且时杂滑稽趣味，或转入优美庄严之世界，如《爱与心故事》，及《Isis戒仪》，皆Apuleius书所独有，较之《人或驴》，殊胜之矣。

《爱与心故事》（*Fabula de Psyche et Cupidine*）本希腊童话，经文人编述为Erotika类小说，Apuleius又采掇入书，赖以得传，影响于后世文学美术甚大。或演绎之，以为言爱之譬喻，唯此实后起之说。初本出于原始民俗，在传说中，属破禁（Broken Taboo）类。列国多有其说，第见于文章，则此为最先。故名亦最著。缘其说既可供民俗学之考证，又经文人润色，独具优美之致，复与民间传说不同也。

二十　圣保罗生一世纪时，本犹太人，隶属罗马，奉基督教，终生奔走，以传道为事。用希腊文作《与罗马人书》，存《新约》中，实为教徒功首。尔时罗马文化渐就零落，人心摇动，及闻天国之义，遂多起而从之，至三二五年，Constantinus乃定基督教为国教。Plotinus（204—270）本希腊思想，和以东方密宗，立Neoplatonism。作《九卷书》（*Enneas*），宣传谊旨，一时归者颇众，势足相抗。四一五年，宗徒Hypatia为耶教徒所杀，此派遂绝。基督教之势力，遍于欧洲，罗马实为中枢。宗教著述，盛极一时，故记罗马文学，以基督教作者终焉。

基督教著作，初多限于护教。三世纪时，St.Hippolytus曾列举旁门之说，凡三十四家，其时论辨之烈，可以想见。及宗信定于一尊，始渐有文学出世。St. Ambrosius（340—397）为主教，笺释《创世记》。又仿Cicero，为文论牧师职分。St. Hieronymus（331—420）以拉丁文译《旧约》及福音书《使徒行传》等，为后世圣书定本，即所谓 Vulgata 是也。St. Angustinus（354—430）生于 Numidia，少时放逸不羁，偶读圣保罗书，遂改行，归基督教，后进职至主教。作《忏悔录》(*Confessiones*)，述少时情事极美妙，为自叙（Autobiographia）类中杰作，不仅以宗教得名也。

第三卷

第一篇　中古与文艺复兴

第一章　绪论

一　自西罗马亡，至文艺复兴，历年千余，称曰中古，为希伯来思想最盛之时。其时列国分立，屡兴兵革，民无所托命，遂多悲观，愿脱离现世以得安息，于是基督教势力，风动一时。教徒事业，在自度度人，灭体质以救灵魂，去人世而归天国，以苦行断食，祈祷默念，为专一之务。恐理知有妨信仰，情思发动，又足为向道之累，故艺文学术，无不屏绝，哲学亦降为神学之婢（Handmaid of Theology），属于学林（Schola），教徒专攻之，大抵附会曲解，非复希腊罗马时哲学，能研求真理者之比矣。又据《旧约》书说，以为人性本恶。世人得此教训，则或入苦行（Asceticism），或为玩世（Cynicism），趋向虽不同，而否定人生则一，更不以扶植文化为志。故史家名此期为黑暗时代也。

基督教徒以天国为归宿，现世则试验之地（Probatio），所在有撒但（Satan）诱惑，引人入于魔道。诸凡美与悦乐，皆即罪恶之饵，禁戒唯恐不严。个人之肉体，尤为入道障碍，用诸苦行以克制之。如十二世纪时，意大利有高士Santo Francesco，敝衣疏食，日日以铁索自鞭其身，即其例矣。故希伯来思想，纯为出世之教，与希腊之现世主义正反。然虽相反，而复并存，史家所谓人性二元（The Pagano-Christian dualism of human nature），不能有偏至者也。故凡理想与实在，个人与社会，理性与感情，知识与信仰，或体质与精神，皆为此二者之代表，互相撑拒，以成人世之悲剧，而人生意义，亦即在斯。即文艺思想消长之势，亦复如是，而其迹在中古为尤著也。

中古时希伯来思想，虽陵驾一切，而异教精神（Paganism），出于本能，蕴蓄于人心者，亦终不因之中绝。一与事会，辄复萌发。故封建制度与宗教狂信（Fanaticism），合为十字军，而骑士文学，亦从此起。Trobador继作，歌神圣之爱，不违正教，然发抒情思，已不安于枯寂。游学之士（Clerici Vagi），身在教会，而所作《浪游之歌》（*Carmina Vagorum*），则纵情诗酒，多侧艳之辞，殆纯为异教思想。及东罗马亡，古学西行，于是向者久伏思逞之人心，乃藉古代文明，悉发其蕴，则所谓文艺复兴（Renaissance）是也。凡此变迁，皆人生生力之发现。时地有异，故形式亦殊，然其乐生享美之精神，则固同出一本者矣。

第二章　异教诗歌

二　欧洲民族，其重要者，可分三族，一拉丁，二条顿，三斯拉夫，其下又有分支，颇为繁杂。唯藉宗教之力，为之维系，故文化常能一致，欧洲中古文学，亦以教会为根据，唯各民族之原始文学，因此又多湮没，盖仪式赞颂之歌，非依信仰保持，不能存在。基督教兴起，旧日典礼既废，礼拜歌词自亦绝于人口，故古代颂歌，无得而闻焉。神话史诗，存于今者，亦已极少，略举概要如下。

（一）英国史诗 *Beowulf*，其文义云蜂狼，谓熊也，为古北欧英雄。诗记其人为丹麦王杀巨人 Grendel，后五十年，又为民除火龙之害。初本短篇，流布北地，及英人渡海，定居不列颠，此歌亦与俱来。后人集录，汇为长歌，凡三卷四十二章。今所传者为七世纪写本，已多后世基督教人修改，然其精神，则固为古条顿人之信仰。Beowulf 将与巨人战，恐不敌曰，倘其死也，命之所定，人孰能逃命（Wyrd）。此委心任命之意，即与基督教思想异者也。

（二）德国 *Hildebrandslied*，本 *Dietrich saga* 中之一部。叙 Hildebrand 浪游三十年，归途遇其子，不相识，因相决斗事。今存六十九联，为八世纪时教徒所录，首尾已不完。此他犹咏 Hildebrand 之歌，唯属于武士文学，与此不同矣。

（三）北欧 *Edda*，有新旧二种。伊思兰人 Snorri Sturluson（1178—1241）初集神话传说及诗法，为书曰 *Edda*，盖出于 odhr 一字，义云诗。至一六四二年，Srynjolfur Sveinsson 发见一书，亦同此名，疑是十二世纪时人所编，遂名之曰"旧 Edda"，而以 Snorri 所编者为新书。"旧 Edda"凡三十三篇，史诗居三之二。其中数章经后人篡乱，然古代条顿人之风俗思想，多赖以传。Snorri 又著《家乘》（*Heimskringla*）一书，本为历史，而所录多传说，为后世文人所重，常取材于此焉。

（四）俄国自古有故事诗曰 Bylina，皆叙古英雄事迹。最有名者为 Igor 之歌，记一一八五年 Kiev 王 Igor 攻南方回族败归之事。时虽已归基督教，唯精灵信仰（Animism）之迹，仍甚明显。Igor 之败，草木悲凉，伏地哀叹。念日神（Dazhbog）子孙失其威荣，屈于强暴，此后时光，更无欢乐也。Igor妻Jaroslavna歌尤佳，对于风日川流，各抒哀怨，纯朴优美，本诗中即比之鹂鸪之悲鸣云。

（五）Celt族天性爱美而善感，富于诗歌。Arthur传说，起原Wales，言六世纪时与英人战事。后流转入英法诸国，合于武士文学，影响远及后世。Celt族优美之思想，亦多藉是以传。此他著作，则以言文隔绝，少知于世。

此外各国民歌俗谣，虽采录之事，近世始盛，然发源皆甚早。与乡村传说，同其源流，历代口传，以至今世，其中含有异教思想者不少。是皆民间文学之留遗，而后世诗歌小说之发达，亦颇借助于此也。

第三章　骑士文学

　　三　中古欧洲，因基督教之力，信仰渐就统一。封建制度，亦方盛行。以此二大势力，互相调和，造成时代精神，即世所谓骑士制度（Chivalry）是也。终则发为十字军，信神忠君，重武尚侠之气，悉发挥无遗蕴。当时文学，乃大被影响，而生变化。盖骑士生活，本多瑰奇之趣。当时人心，又久倦于枯寂，喜得此发泄之机会，以写情绪。此诗歌小说勃兴之所由来，而教徒文学，亦以此稍衰矣。

　　各国古代，皆有行吟诗人，如希腊之 Rhapsodos，或寄食王家，或游行各地，歌英雄事迹为生计。及基督教流行，此业渐衰。十字军兴，基督教之武士，一变而为史诗之主人，遂复盛行于世。盖事迹既甚适于小说，其制度又为当时政教之结晶，故甚为当世爱重。诗多类似，大抵以战斗为主。其人多犷野，然与杀伐时代之精神，实相一致，兹举其最著者如下：

（一）法国史诗（Chanson de Geste），述 Arthur 外，多咏 Charlemagne 君臣事业，以 *Chanson de Roland* 一篇为最胜。七七八年时，Charlemagne 南征，班师过 Ronceveaux，为土人所袭，后卫皆战殁，Hroland 其一人也，诗为十一世纪中叶所作，述此事始末，唯以 Basque 为亚拉伯人，故与当世思想尤相合。

（二）西班牙之 *Poema del Cid*，盖仿法国史诗而作。叙 Ruy Diaz de Bivar 与回教徒战事。亚拉伯人敬畏之，故称之曰主（Sidi），即 Cid 字所从出。诗亦千一百五十年顷作。

（三）德国之 *Nibelungenlied*，十二世纪作。叙 Siegfried 之死，与 Nibelung 族之亡。Siegfried 杀龙事，又见于《英雄书》（*Heldenbuch*），盖传说中常见之事，至其死于 Brunhild 之报复，则出《旧 Edda》也。

（四）英国史诗 *Brut*，为 Layamon 著。十二世纪中叶，有 Geoffrey of Monmouth 著《不列颠诸王史》，谓 Aeneas 子 Brutus 始至不列颠，建立邦国。法人 Wace 采译为诗曰 *Brut d'Angleterre*。十三世纪初年，Layamon 复编译为古英文，言 Arthur 王事特详。至 Thomas Malory 以散文作 *Morte Darthur*（1485），会萃众说，益臻美备，

为 Arthur 王传说之渊薮矣。

　　四　　战争之诗歌，终复渐就衰颓，转为咏叹恋爱冒险之事，遂有 Épopée Courtoise 者，代 Chanson de Geste 而兴。其所取材，亦多在 Arthur 一派，于是 Celt 优美之思想，势乃大张。诗中人物行事，不复犷野如前。且对于女子之意见，亦复一变。昔以女子为罪恶之源而憎恶之，为人类之弱者而保护之，亦无所谓纯洁高上之爱者，时乃崇拜甚至视为慈惠爱情之化身。昔以为 Eva 者，则一转而为圣母。人世爱情，乃至微妙不可测，神圣不可犯。此种思想，散布全欧，好武之风，移于尚美。美之崇拜，乃入于神秘主义（Mysticism），而抒情之歌，终代叙事诗而兴起焉。

　　抒情诗之作，法国为盛，然实承 Provence 余绪。当十二世纪中，为 Provence 文学最盛时代。诗人曰 Trobador，太半贵族，有歌人曰 Joglar 者，受其诗，行吟各地，传扬作者声名。诗分讽刺（Sirventes）艳歌（Chanson）二种，以神与爱为诗材。主臣之分，推及于爱恋之事，诗人竞唱（Tenson），以女子为主裁，不异于武士之角技（Tornoiement）。盖由其地气候温和，土地肥沃，民生乐康，情思丰富，故能有此，且自由之思想，亦有以助成之。唯终以宗教冲突，有 Toulouse 之役（1218），文化奄然俱尽。是时法之 Trouvère 与 Jongleur，乃继承而发扬之。在西班牙则有 Trovador 与

Juglar，皆出于Provence诗派。德之Minnesinger，亦群起于Swabia。英自昔有Scop与Gleoman，唯其遗迹仅留于*Widsith*及*Deor*二断片中。至十三世纪末，行吟诗人复兴，而多模拟法国，以Alysoun一篇为最佳。今所称"北风"（"Blow Northerne Wind"）"鹧鸪"（"Sumer is icumen in"）两章，则皆出俗谣，非诗人创作也。

第四章　异教精神之再现

　　五　中世基督教严肃思想，束缚人心者剧甚，于是渐生反动。骑士文学，转为Trobador诗歌，人间情爱，遂为文艺本质。唯其外观，与教宗仍若不甚违忤。当时传说（Legend），亦多似之。如法国古德Abelard之爱Héloïse，后世传其简牍，情绝纯挚。又有德国歌人Tannhäuser入爱神之山（Venusberg），久而厌倦，返求法王宥罪，不得而死诸说，皆是也。此诸著作，虽语有检束，不尽其意，而是认人生，反抗出世教之精神，已显然可见。至法国*Aucassin et Nicolette*一篇，乃直言无所隐饰，几纯为异教思想矣。

　　*Aucassin et Nicolette*为十二世纪半作。诗话间出，故文中自称Chantefable，盖弹词之属，为古文学中

所希见。书叙 Aucassin 悦 Nicolette，而其父 Garins 伯爵阻之，谓敢娶 Nicolette 者，当被诅祝，坠入地狱。Aucassin 终不听，谓不欲居天国，与衰癃之长老伍。惟愿偕 Nicolette，与世之学士文人，美人豪杰俱入地狱中云。现世思想，已极彰著。英人 Walter Pater 论之曰"中古文艺……复兴时，人人欲得心之自由，求理性与神思之发展，是时有一极大特色，即非礼法主义（Antinomianism）是也。其反抗宗教道德，寻求官能与神思之悦乐，对于美及人体之崇拜，皆与基督教思想背驰。其尊崇爱恋，如新建宗教。是盖可谓之异教诸神之重来。如古传说所言，Venus 未死，但匿居山穴，时至复出。是余诸神，亦仍往来人世，唯变服为……种种状而已。"Aucassin 之话，最足为此乐生思想代表。《浪游之歌》，亦复如是，而其书又出于教徒，则尤足注意者矣。

《浪游之歌》（*Carmina Vagorum*）不详著者姓氏，盖诗选类，今存十三世纪时写本，为 Bavaria 教会旧藏。游学之士（Scholares Vagi）各国皆有之，遍历欧洲名都，以求学问，初不限于一族。唯所作诗皆用拉丁文，又仿中世工会（Guild）之例，共奉 Golias 为师，自称 Goliardi。游学者本属教会，故诗亦多仿宗教颂歌体式，唯其内容，则为诗酒爱恋三者，背弃宗信，脱略礼法，以乐生享美为人生目的。谓酒家之可尊，过于圣庙。此基督教 Clerici Vagi 之歌，与 Anakreon 相去，乃已不远。可知希腊思想之萌动，盖出人性自然，初不尽由模仿也。

《浪游之歌》太半言爱恋，唯既非骑士文学中之女子崇拜（Gynaeolatria），亦无神秘思想，但以为生人之爱而歌之耳，凡所赞叹，亦皆官能之美。有"Lydia Bella"及"Saevit Aurae"诸诗，咏人体美，最著名。"Gaudeamus Igitur"一篇，于送葬后歌之。言人生实短，死后归于虚无。故当及时行乐。更不信有来世，亦不信有灵魂。其思想与当世信仰制度，已不相属，复归于异教精神，开文艺复兴之先路。《浪游之歌》，本一时寄兴之作，亦非别有主张，唯言养生享乐，保持人性之本然，则与文艺复兴时人间本位主义，实相一致。故观于此诗，已大可见新时代之趋向也。

第五章　文艺复兴之前驱

六　意大利文学，在中世殆无所表见。盖其国袭罗马之遗，封建制度无由树立，故骑士诗歌略无所闻。Provence诗风虽盛行，顾皆模拟而少特色，唯Guido Guinicelli及Guido Cavalcanti，稍有声望。其民族势力所储，乃别有在。古希腊罗马之文化，涵养人心，造成时势，遂有文艺复兴之盛，而以三人为前驱。Dante作《神曲》，Boccaccio作《十日谈》，立意大利诗文之极。Petrarca为最后之Trobador，振兴抒情之歌，又为提倡古文学之第一人，尤有功于世。

Dante Alighieri（1265—1321）为Florence世族，奔走国事，不得志而殁。少时受Provence诗派影响，多作抒情诗。尝爱Beatrice（de Portinari），作诗颂之，成集

一卷曰"新生"（*Vita Nuova*）。其言爱情，本为 Trobador 一派，后以 Guinicelli 感化，转入密宗（Mysticism）。以为美善合一，故崇 Beatrice，近于神明，而爱则入圣之功也。又作《神曲》（*La Divina Commedia*），寓其思想，为世界名著之一。诗凡三部，记罗马诗人 Vergilius，导之梦游三界事。先过地狱界（Inferno），下陷如杯，分九层。有罪者列居其次，末层至隘，居极恶者三人，为卖耶稣之弟子 Judas，刺该撒者 Brutus 及 Cassius，与撒但共处。次至净罪界（Purgatorio），为一山，分七级，居者视忏悔之力，次第上升，顶即乐园。最后至天国（Paradiso），善人所居，Beatrice 出迎，引之使对上帝，此其大略也。神游幽冥之说，古多有之，*Odysseia* 及 *Aeneis* 中，皆言其事。Dante 未见 Homeros，故举 Vergilius 为导，亦以其诗赞颂罗马，与己之政见相合故也。《神曲》自昔称难解之书，笺释不一，据其所著《王国论》（*De Monarchia*）考之，约略可通。大意谓政教并立，皆以福民为事。王者以人智治国，使人能守哲理道德，得现世之福。法王以神智化民，引人入于宗教信仰，得久远之福。Vergilius 为人智之代表，故导 Dante 至乐园而止。Beatrice 则为神智之代表，乃能导之入天国。其言极恶者举 Judas，盖以其卖基督教主故，Brutus 等，则以杀罗马第一君主故，即因其破毁政教故也。诗中悔罪受福之说，大抵出于 Thomas Aquinas 之神学，今不具论。Guinicelli言美善合一，亦本 Aquinas，故 Dante 思想实合烦琐哲学与 Trobador 诗派而成。《神曲》一书，虽为譬喻（Allegoria），用以宣传奥义，唯所重仍在 Beatrice。故其为此诗，亦正以言神圣之爱，犹作《新生》之意也。

Francesco Petrarca（1304—1374）父为 Florence 律师，与 Dante 同以国事被放，流寓于法。Petrarca 遂自幼承 Trobador 之影响，学为诗歌，又治古代文学。父死无所依，入教会为长老，唯仍专心学问，作诗不辍，诗之本源，与 Dante 相同，并出于情爱。尝识一武士之妻曰 Laura（de Sade），思慕之情，均寄于诗。而 Laura 旋卒，人世之爱，转为灵感，中心永慕，如对神明。Dante 之于 Beatrice，殆可仿佛，盖并出密宗思想。又极喜古学，游行各地，搜访拉丁古文著作，不遗余力。身为教徒，而甚崇古代异教文化，尝自言其所处境地，在 Augustinus 与 Vergilius 之间。盖其神往古昔，欲使基督教与异教思想，得相调和，意至深切，于文艺复兴之运动，实大有力也。

Giovanni Boccaccio（1315—1375）亦 Florence 人。幼从父业商，弃而学律，复不惬意，改治希腊文学。与 Petrarca 友善，亦致力于古学。著作甚多，以小说为最善。*Filocopo* 仿 *Aucassin et Nicolette* 述古时传说，为中世散文小说之始。*Ameto* 则 Longos 一流之 Pastorale，写

理想之牧人生活。*Fiammetta* 言女爱 Pamfilo，而其父召之归去，因自陈哀怨。盖实 Boccaccio 假此发抒己意，为后来自叙小说之源本。《十日谈》（Decamerone）尤有名，为其绝作，书言一三四八年顷 Florence 大疫，有士女十人，避地村落间，述故事以消长日。人各一篇，凡十日，共一百篇。会萃众说，假设事迹以联贯之，古昔多有此体，如印度之 *Panchatantra*，亚拉伯之《一千一夜》，皆是。Boccaccio 盖仿为之，所收小说，亦非尽出己作，率取材于故事俗说，而一经运化，无不美妙。叙述仿 Apuleius，间或失之不庄。唯其清新愉乐之精神，乃能于阴郁之中古时代，开拓一新方面，功绩甚伟，不仅为意大利散文开祖已也。

英国有 Geoffrey Chaucer（1340—1400）系出北人（Norman），以王事使法意诸国，遂仿其诗风，作诗数篇。晚年作 *Canterbury Tales*，虽仿《十日谈》，亦自具特色。诗言有巡礼者三十一人，集于旅次，共赴 Canterbury 大寺。途中各说故事，以慰岑寂，而所作只二十四篇。其序言一篇，写旅人风采言动，颇极其妙。William Langlend 于十四世纪中叶，作 *Piers Plowman* 一诗，述梦见农夫 Piers 导之寻求真理，遍历诸境，终得神智。亦譬喻体，与《神曲》相似，然非出于模拟。描写世相，特可推重，至其非难教会行事，已张宗教改革之先声，与 Wyclif 并称。英自北人入国，言语纷歧，Wyclif译《新约》，流布民间，英语之势始张。至Chaucer而大定，立近世文学基本。而革新之机，则仍来自意大利，距Chaucer之死，已百年矣。

第六章 文艺复兴期拉丁民族之文学

七 文艺复兴发端于意大利，渐及法德英西诸国。顾其势力在意最盛，前后历十四五两世纪，各国则略迟百年。其后虽就消沉，而精神深入人心，造成伟大之文学，至十八世纪后半，始复变焉。

一四五三年，土耳其王摩诃末二世取君士但丁堡，东罗马之学者，避地于意，挟古文书与俱，是为意大利文艺复兴之始。德人Gutenberg始作活字板（1435），英意荷兰继之，是为文艺复兴势力流布之始。唯此皆已著之事迹，至其发动之精神，则仍由国民之自觉，实即对于当时政教之反动也。邦国争长，各以纵横机诈相尚。教会信仰渐失，而威福转加。各国行吟诗人等，对于教徒之不德，久多讥刺之词。且严厉之Asceticism，厌制人心，久不可堪，而法王教正，复不能为超人间之卓行，作人民模范。则怀疑以生，旧日宗信，渐渐动摇。久蛰之生机，俄忽觉醒，求自表见。终乃于古学研究中得之，则遂竞赴之，而莫可御矣。基督教欲灭体质以救灵魂，导人与自然离绝，或与背驰。而古学研究则导人与自然合，使之爱人生，乐光明，崇美与力。不以体质为灵魂之仇敌，而为其代表。世乃复知人生之乐，竞于古文明中，各求其新生命。此文艺之盛，所由来也。

十五世纪中，意大利治古学者极盛，志在调和古今之思想，以美之一义贯之，Platon 之学遂大行。真美之爱，同出一源，与中世 Trobador 所讴歌，颇有相似，世多好之，如 Petrarca，即先觉之一人也。Marsilio Ficino（1433—1499）则注毕生精力于此。Cosimo de Medici 祖孙，提倡最力。Lorenzo Il Magnifico 于讲学之余，多所著作，仿希腊牧歌式作 "Ambra" 等诗数章，甚为世所称。当时文士，多游其门，如 Pulci 与 Sannazaro，皆是也。

Luigi Pulci（1431—1487） 为 Lorenzo 挚 友， 著 *Morgante Maggiore*，取材于传说而文特诡异。对于教会，似疑似信，赞扬与嘲骂间出。论者纷纭，不能明其指归。大抵当时人心趋向，颇与此相类，是诗足为象征。又以诙谐美妙，颇得世誉，为后来谐诗之宗。Matteo Maria Boiardo（1434—1474） 之 *Orlando*

Innamorato，亦记 Orlando 事，而敷叙故事，别无新意，后 Lodovico Ariosto（1474—1533）作 *Orlando Furioso*，即汲其流，咏中世之骑士，而著想陈词，不为时代所限。至引希腊神话，以为藻饰。书阅十年始成，在今视之，虽仅如古锦绣，止有色彩悦目，然影响于当时文学则甚大。叙事之诗，于是复盛行。唯武士制度，既就衰废，Pulci 与 Ariosto 等，又以诙诡之词，润色其诗，后之作者，多仿之为假英雄诗。Teofilo Folengo 作 *Orlandino*，则竟以武士为嘲笑之具矣。Jacopo Sannazaro（1458—1530）作 *Arcadia*，为后世 Pastorale 之模范。虽其先 Boccaccio 著 *Ameto*，唯影响所被，不及此书之广大。*Arcadia* 一篇，盖实集合 Theokritos 与 Vergilius 二者而成，尤足为古典文学之代表也。

Niccolo Machiavelli（1469—1527）著《帝王论》（*Il Principe*），立意大利散文之则，简洁明晰，不事修饰。唯其提倡权谋，虽重私德，而公德则不论是非，但以利害为准，议者以为诡辩之词，适足为暴主所利用。或又比之 Swift 之《谕仆文》，以为假反语以刺时政。然亦唯对于法王之治，稍有微词，别无讥讽之迹可见。盖 Machiavelli 之为此书，不过聊寄救国之忧，据当时情状，固不能求同志于齐民，唯有期诸执政者也。稍后有 Benvenuto Cellini（1500—1572）自传，多大言，而质白率真，不违人情。后世比之 Rousseau，亦文学之瑰宝也。

Ariosto之后，有 Torquato Tasso（1544—1595），为诗人 Bernardo 子。初学法律，而性好文学，游 Alfonso 门下。作 *Aminta*，写一诚信安乐之理想世界，与权诈奔竞之现世相照。又仿 Ariosto 为史诗曰 *Gerusalemme Liberata*，纪第一次十字军救耶路撒冷圣地事。当时宗教改革之反动，与文艺复兴之余波，结合而成此作。描写人情，又极巧妙，世有胜于所师之誉。Tasso 作此诗，本至虔信，而察教会之意，似尚不惬。因发狂易，自疑为外道，奔遁于路。后复返 Ferrara，又疑僚友嫉妒，力与斗，遂被幽于寺七年，乃得释。狂疾偶已，辄复著作。又十年卒，而意大利十六世纪之文学，亦与之俱就结束矣。

八十六世纪法国文学，亦兴于宫廷。Francis 一世有女弟曰 Marguerite（1492—1549），首仿意大利 Sannazaro 之 *Arcadia*，为 Pastorale。又仿 *Decamerone* 作《七日谈》（*Heptaméron*），多嘲弄教徒之不德，庄谐杂出，而终以教训。廷臣 Clément Marot 致力于抒情诗，为七星派先导。七星（Pléiade）者，Pierre de Ronsard 与 du Bellay 之徒七人，结社治古文学，以迻译仿作为事。一五四九年，始宣言改良俗语，用之于诗。唯或仍事雕琢，有失自然，唯其主张，欲根据古学，利用俗语，以求国民文学之兴起，则甚有益于后世也。

Francois Rabelais（1490—1552）初依教会，而性好学，乃去而学医。一五三二年著 *Chroniques Gargantuines*，叙一巨人事迹。次年续作 *Pantagruel*，颠倒其名字，自署曰 Alcofribas Nasier。其词诙谐荒诞，举世悦之，唯荒唐之中，仍含至理。Rabelais 以真善为美，对于当时虚伪恶浊之社会，抨击甚力，因晦其词以避祸。巨人 Pantagruel 生而苦渴，唯得 Bacbuc 圣庙之酒泉，饮之乃已。Panurge 欲取妻，不能决，卜于圣瓶之庙（La dive Bouteille），而卜词则曰饮。言人当饮智泉，莫问未来。渴于人生，饮以知慧，此实 Rabelais 之精义。其顺应自然，享乐人生之意，亦随在见之。书中文多芜秽，则非尽由时代使然，盖蓬勃之生气，发而不可遏，故如是也。Michel de Montaigne（1533—1592）隐居不仕，作论文一卷。乐天思想，与 Rabelais 相似，而益益静定。格言有云，吾何所知，足以见其怀疑之精神矣。

九　西班牙文学，至十六世纪始盛，唯多模仿古代及意大利之作，Jorge de Montemayor 之 *Diana Enamorada*，其最佳者也。Diago Hurtado de Mendoza（1503—1575）本为军人，后转任外交，一五五三年著 *Lazarillo de Tormes*。其后 Mateo Aleman 继之，世称 Picaresca，颇足见当时社会情状。道德颓废，习于游惰，教会诡辨盛行，以伪善隐恶为正，人人俱欲不劳而获，于是欺诈之风大张。Lazarillo即为之代表，其人洞悉世情，乘间抵隙，无往而不利。及Quevedo著书，则意思深刻，文词雅驯，而讽刺锐利，可与前之Lukianos，后之Swift相并，尤为不可及也。

Miguel de Cervantes Saavedra（1547—1616）作小说Don Quixote，为世界名作之一。论者谓其书能使幼者笑，使壮者思，使老者哭，外滑稽而内严肃也。Cervantes本名家子，二十四岁从军与土耳其战，负伤断其左腕。自Messina航海归，为海盗所获，拘赴Algiers，服役五年脱归。贫无以自存，复为兵者三年。后遂致力于文学，作戏曲小说多种，声名甚盛，而贫困如故，以至没世。所著小说Galatea及Novelas Ejemplares等，皆有名，尤以Don Quixote为最。Don Quixote本穷士，读武士故事，慕游侠之风，终至迷惘，决意仿行之。乃跨羸马，被甲持盾，率从卒Sancho，巡历乡村，报人间不平事。斩风磨之妖，救村女之厄，无往而不失败。而Don Quixote不悟，以至于死，其事甚多滑稽之趣。是时武士小说大行于世，而纰缪不可究诘，后至由政府示禁始已。Cervantes故以此书为刺，即示人以旧思想之难行于新时代也，唯其成果之大，乃出意外，凡一时之讽刺，至今或失色泽，而人生永久之问题，并寄于此，故其书亦永久如新，不以时地变其价值。书中所记，以平庸实在之背景，演勇壮虚幻之行事，不啻示空想与实生活之抵触，亦即人间向上精进之心，与现实俗世之冲突也。Don Quixote后时而失败，其行事可笑，然古之英雄，先时而失败者，其精神固皆Don Quixote也，此可深长思者也。

周作人作品

第七章　文艺复兴期条顿民族之文学

十　英国十四世纪有 Wyclif，开 Luther 之先，Chaucer 继 Petrarca 及 Boccaccio 之绪。唯二人皆先时而生，后无绍述。直至百年后，始有 John Colet 者，为 Oxford Reformers 之一，以提倡古学，改革宗教为务。而意大利之文学，亦由 Wyatt 与 Surrey 二人传入英国。Thomas Wyatt（1503—1542）以王事使意，因得熟知古拉丁及意大利著作，始仿 Petrarca 为短歌（Sonnet）。其徒 Henry Howard, Earl of Surrey（1517—1547）继之，又译 *Aeneis* 二卷，初用无韵诗（Blank Verse），后世作诗曲多用之。二人生时不自梓其诗，至 Surrey 死后十年，有书贾 Richard Tottel 刊 *Miscellany of Songs and Sonnets*，二氏之作在焉。时颇风行，仿者甚众。Sidney 之 Astrophel and Stella，与 Spenser 之 *Amoretti* 及 *Epithalamion*，皆称名作。同时缮译之业亦盛，如 Thomas North 之 Plutarkhos《名人列传》，George Chapman 之 Homeros 史诗，Thomas Phaer 之 Vergilius 皆其尤者，Ariosoto 与 Tasso，亦有译本。其影响于新兴文学之力，盖甚大也。

Edmund Spenser（1552—1599）学于 Cambridge，与 Sidney 为友。初作《牧人月令》(*Shepheardes Calender*)，分十二月，各系牧歌一篇。或为寓言，或为怨歌，或颂女王，或嘲教徒，不一其体，而外形仿古代之 Pastorale。又作 *Faerie Queene*，今存六章，欲假譬喻以示人生之准则，书颇仿 Ariosto 及 Tasso，唯人物则非游侠英雄，亦非十字军武士，所言皆圣洁和平诸德，而冠以人名，终乃纷错，不可甚解，唯其诗至美。Spenser 对于人生，虽怀 Puritan 之意见，然亦受 Platon 思想与意大利文艺影响，故其思严肃而其文富美也。*Amoretti* 与 *Epithalamion*，皆结婚时所作，为艳歌之最。四年后以爱尔兰之乱，室被兵燹，幼子死焉。移居英京，困顿而卒。

Philip Sidney（1554—1586）为女王 Elizabeth 朝重臣。后战殁于 Zutphen，初不以文学名。作艳诗及小说一卷，至殁后始有人为刊行之。其咏 Stella（Devereux）之歌，情意真挚，为世所称。小说曰 *The Countess of*

Pembroke's Arcadia，亦 Pastorale 体。纯仿希腊著作，纪述山林韵事，不如后人之影射时事也。书中事迹综错，论者谓分之可为二十说部资料。文辞亦多修饰，而甚为世人所喜。是时又有 John Lyly（1554—1606）作 *Euphues* 二卷，乃尤过之。多用双声对偶。譬喻典故，或曼衍成数十百言，或精炼为骈句。举世靡然从之，模仿其言词以为美，世称 Euphuism 焉。Lyly 之书，本意亦在教训，对于当时侈靡之风俗，攻难甚切，唯为文词所掩，后之人无或措意于此矣。

Thomas More（1478—1535） 亦 Oxford Reformers 之一，为 Henry VIII 所杀。以拉丁文作 *Utopia*，述理想之国，与 Rabelais 之 Thelema，Bacon 之 Nova Atlantis，同出 Platon 之 Respublica。唯 More 致力于信仰，Bacon 致力于学问，Rabelais 则以人生为主，辅以学问信仰，以底于完成之境，此其异也。Francis Bacon（1561—1621）又作论文五十八篇，世与法之 Montaigne 并称，文句简炼，而流畅则逊之。

英国戏曲起源，与欧洲各国同，并由中古之宗教剧出。每当令节，教会宣扬圣书故事，以喻人民。徒言不能甚解，乃假为书中人物演之，曰 Liturgical drama，实由 Dromenon 变为 Drama 之过渡也。所演为《旧约》故事，自创世以至末日裁判，或基督一生事迹，自降生以至复活，称神秘剧（Mystery），或演古德奇迹，称奇迹剧（Miracle）。至十三世纪初，演剧之事，乃由教会移于工商行社（Guild）。每行各有Patron Saint，率于每年祭日，演其毕生行业，以大车为台，游行市中，曰Pageant。十五世时，譬喻盛行，于是转入戏曲，饰善恶为脚色，以教道德，而道德剧（Morality）以生。又缘枯索无味，则假Vice演为滑稽之言动，以助兴趣。继复引申之，别成一节，曰Interlude，后或分立，成喜剧焉。曲词作者，初皆无主名。十六世纪中，John Heywood始作Interlude甚多，有 *The Four PP* 最有名。而当时所谓大学才人The University Wits者，亦仿罗马Plautus与Seneca诸人，著作渐盛，至Shakespeare出，乃集其大成也。

英国之有剧场，始于一五七六年，James Burbage之建The Theatre至Shakespeare自创The Globe，已在一五九九年矣。剧场大抵外作六角形，两傍有廊，以居贵客，余皆露立。台上覆瓦，县毡为幕。刻木剪纸以为道具，榜地名以晓观众。Greece剧中演Venus之入场，至县倚引之上，已为极妙，他可知矣。演剧以下午三时始，先有人致词，为Prologue。一折终，复有人出，古衣长髯，致下场词，为Chorus。及全剧了，伶人尽出为女王跽祷。至王政复古时期，始有离合背景，亦始用女优，其先皆以童子为之也。

William Shakespeare（1564—1616）幼孤寒，受学

于文法学校。二十二岁时至英京，学为伶人。作 *Venus and Adonis*，诗名顿起，唯其尽力乃在戏曲。初但为剧场修改古曲，后遂自作，计二十年，共三十五篇。中分喜剧历史剧悲剧三类。著作年代，亦可分为四。一曰习作时期（1590—1596），二曰历史喜剧时期（1596—1601），三曰幻灭时期（1601—1608），四曰传奇时期（1608—1612），与其身世，亦有相关。凡所取材，不出 Holinshed 之 *Chronicles* 与 Plutarkhos 之《列传》，意大利小说等，而一经点染，顿成妙作。思想又深远溥博，不为时地所限。故论者谓其戏曲，在希腊以后，为绝作也。

Shakespeare 作喜剧，大抵在首两期中。末期所作三曲，则别谓之传奇（Romance）。而悲剧中间亦常含有喜剧分子，故其喜剧之作风，复可区别为三。其一以荒唐纰缪之事，作滑稽之资，如 *The Comedy of Errors*，与 *A Midsummer Night's Dream* 等是。其二写爱恋之事，中更忧患，卒得谐合，如 *Much Ado about Nothing* 与 *As You Like It* 等是。晚年三曲，则写家人妇子，散而复聚之事，盖亦境遇使然。其三则假诙谐以寄其微意，皆散见于悲剧中，如 *Macbeth* 之门子，*Hamlet* 之掘墓人是也。

Shakespeare 第一期中，尝作悲剧二种，唯其极盛，则在第三时期，所作以（一）*Hamlet*（二）*Othello*（三）*King Lear*（四）*Macbeth* 为尤最。Romeo 与 Juliet 之死别，

虽因缘于人事，实亦定运之不可逃。至 *Hamlet* 等作，则不涉宿命说（Fatalism），而以人性之弱点为主。盖自然之贼人，恒不如人之自贼。纵有超轶之资，气质性情，不无偏至，偶以外缘来会，造作恶因，展转牵连，不能自主，而终归于灭亡，为可悲也。犹疑猜妒，虚荣野心，皆人情所常有，但或伏而不发，偶值机缘，即见溃决。如僭王之于 Hamlet，Iago 之于 Othello，二女之于 Lear，巫之于 Macbeth，皆为之先导，终乃达其归宿，破国毁家，无可幸免，令观者竦然有思。Aristoteles 所谓悲剧之二元素，哀怜恐怖，盖兼有之。福善祸淫，世所快心。若其性情欲望，本亦犹人，乃以偶尔遭会，俱就陨落，易地以处，知在己亦莫能免，于是哀矜之情生。彼我之间，无复差别，则彼已往之悲剧，焉知不复见于我，可惧又孰甚焉。Shakespeare 悲剧之力，盖在此。

十一　德国受文艺复兴之影响，学者辈出，唯其效果，则在宗教为多。马丁路德虽非人文主义者（Humanist），而乘思想自由之流，改革旧教，以底于成。文学草创，多为宗教论难之资，非为观美。讥刺之诗最盛，Desiderius Erasmus 与 Ulrich von Hutten 等，多假此以发主教长老之覆，旧教徒亦反报之。唯嘲骂之言，往往出于弱败，故激烈之作，亦出于加特力教。Thomas Murner 著 *Vom grossen Lutherischen Narren*，其言极厉，盖以 Luther 为旁门，肆力抨击，则有功于圣道。虽意见偏执，然讽刺之才，不可及也。新派方乘时而兴，不专恃文字以自障，故无巨制，迨反动起，论争复烈。有 Johann Fischart（1550—1590）学律，为法官，匿名作诗，攻难旧教。又译 Rabelais 之 *Pantagruel*，自加融铸，名之曰 *Geschichtklitterung*。对于社会凡事，无不讪笑，而中含深意，无夸诞之嫌。又所作 *Das glückhafft Schiff Von Zürich* 一卷，以纯诗论，亦甚精炼，为十六世纪名作也。

Hans Sachs（1494—1576）者本缝人子，眇一目，出小学为靴工。又学为诗，后遂有名，世称之曰 Meisterlieder。安居乐业，怡然自得，故其诗亦流丽恬静，若与尘俗隔绝，盖足为当时市民心理之代表者也。其所致力，乃在戏曲，凡作二百余种。去宗教剧之枯淡与俗剧之粗鄙，代以优雅之词，于国民剧之发达，至有力焉。

第二篇　十七十八世纪

第一章　十七世纪

十二　十七世纪为欧洲文学停顿之时，因宗教改革之反动，酿为扰乱。政教两方，唯以压制为事。其后渐得平和，而民气衰落，文学遂亦不振。又以文艺复兴之影响，一时著作颇盛，及能事既尽，犹欲刻意求工，终至忽其大者远者，反趋于末。最初有西班牙教正 Guevara，始创所谓高文（Estilo Alto）者，至 Góngora 等而大盛。英之 Lyly，立 Euphuism，意有 Marini，以警语（Concetti）作诗，于是所谓雅体（Cultorism）之诗，风靡天下。作者专事模拟，争尚颖异，莫知所止。其诗贵多奇句，形容譬喻，不甚切近，盖意不在能动人而在惊人，不在感发性情而在得读者之骇叹。于是诗之效用，几尽失之。虽有一二先觉，力与抗争，而时势所趋，终不能挽。法国有Boileau出，力排旧说，使复归真率纯正之境，英亦兴起从之，文学并称极盛。其余诸国，一时莫能及也。

意大利在文艺复兴期，文化为各国冠，及其衰也，亦甚于各国。十六世纪末，有文禁，政教之事，悉不得言，即论自由称古学者，亦在禁列。于是著作日希，难于流布，诵读者亦益少。其后解禁，而民气衰苶，直至法国革命时，犹未能振起。当时雅体之诗，风行于世，Giambattista Marini（1569—1625），首倡之。所作Adone一诗，凡三万四千行，叙希腊Adonis之神话。仅写情景而无事迹，造辞典丽，取譬新异，极人工而乏天趣。论者比之木偶人，只此辉煌之景，悦目一时而已。Marini尝游法王路易十三之廷，众皆悦之，其诗风遂大行于法。本土之模仿者尤众，有Chiabrera，Filicaya与Guidi等，力矫其弊，然竟不胜。散文著作，较为发达，唯大抵关于哲学及科学者尔。

十三　西班牙之雅体，始于Guevara，继之以Sotomayor，至Luis de Góngora而大盛，可与Marini方驾。Góngora初以简明之词作诗一卷，不为世人所好。乃转而模仿雅体，又益夸大之，于是声名顿起。Cultorism四方景附，唯其势力有所限。Vega以当世大师，力攻Góngora派所为，尝嘲之曰，余为此言，且不自解，又孰能解乎。Vega之后，有Calderón，振兴西班牙戏曲，与英国比盛焉。

西班牙戏曲，亦犹英国然，发源于宗教剧，曰Auto。又分之曰神剧（Comedia Divina），曰圣徒剧（Comedia de Santos），盛行于十六世纪，民间甚好之。剧中主旨，大抵福善祸淫之事，唯所谓善恶，则一依教会为准则。故神之慈惠，独厚于教徒，而所以罚离经叛道者，亦极严酷，犹不如兴奸作慝者可藉信仰而得赦也。Auto之后，转为Comedia，兼有悲喜两种，至Lope de Vega（1562—1636）而集大成。Vega幼颖慧，通古文学，作小说*Arcadia*，*Dorotea*及史诗等数种，戏剧最有名。所作凡五百余种，取材至广，或上溯Nero帝时，说罗马之大火，或述哥仑布涉险事，又或写现代社会。观察极精彻，又以客观态度写之，故可谓写实派，而Pedro Calderon（1601—1681）则理想派也。Calderón本为军人，晋爵为贵族，尝任宫廷剧场监督。所作剧曲，善能写人间理欲之抵触，思想富美，制作亦视Vega为备，故称为西班牙戏曲之第一人。及殁后，戏曲亦遂衰落矣。

Picaresca之小说，时尚盛行，Francisco Quevedo（1580—1645）之*Don Pablo de Segovia*为最著名之作。至Vicente Espinel作*Vida del Escudero Marcos*，多描写社会情状，不仅以叙事为能，已开近代小说之先矣。

十四　十七世纪德国文学之零落，视意大利尤甚。宗教改革，延为三十年战争，民生衰耗，殆达其极。虽受文艺复兴之影响，亦第有模拟而无兴作，前后Silesia派之诗，实只因袭法意往事而重演之而已。第一Silesia派，以Martin Opitz（1597—1639）为之长，奉法之七星派，因撮要义著《诗法》一卷，以教其徒。拘守绳墨，不得自由，于是乃有反动，而C. H. von Hofmannswaldau（1617—1679）出，是为第二Silesia派，所师法者，为意之Marini。其徒Caspar von Lohenstein（1635—1683）于诗曲之外，复作武士小说，以新异之文词，写夸张之感情，虚诞之行事，举世好之。盖文艺复兴，至此已见流弊，德以丧乱之余，智力薄弱，故受其敝，亦尤甚也。

当时小说虽无足称述，然亦有杰出于一时者，则Grimmelshausen 之 *Simplicissimus* 是 也。Christoffel von Grimmelshausen（1621/22—1674）故武人，尝与三十年战争之役。其为此书，本仿西班牙之Picaresca，而不务造作，专据一己所经历，演为五卷。虽事多凶厉，文不雅驯，然实写世情，与人生益益相近，以视虚华之小说，迥不侔矣。其后无继起者，迨十八世纪初，英国之 *Spectator* 与 *Robinson Crusoe* 流入德国，始复震动，风气为之一变。

十五　法国文学情状，故无异于各国，唯以国家强盛，文士得假承平之际，致力于文，故发达亦最盛。

Marini 至法，一时诗人翕然从之，称 Preciéux 派，顾其风不久衰歇。一六三五年敕建法国文艺院，以厘定国语为职志。Malherbe 与 Guez de Balzac 之徒，先后兴起，各有所尽。至 Nicolas Boileau（1636—1711）主张真美一致，廓清旧敝，建设新派，一以清真雅正为归，于是遂为古典主义之最盛世也。

法国戏曲，亦萌芽于宗教剧，文艺复兴以后，模仿古代著作者亦愈多。分道而驰，不相调合。宗教剧行于民间，多失之野，古剧则学士所为，适于吟诵，而不宜于演作，美于情文而乏气势。十六世纪中，Theodore de Bèze 取材《旧约》，造作悲剧，欲调和其间，顾未能就。Pierre Corneille（1606—1684）始合二者之长，成完善之戏曲。*Le Cid* 写情爱与孝思之冲突，*Les Horace* 写家国感情之冲突，*Cinna* 写慈仁与报复之冲突，至 *Polyeucte* 则转而言基督教事，写爱与信仰之冲突，凡家庭邦国政治宗教之问题悉具焉。虽其理想人物，迥出常类，性格无发展之地，而情文并茂，足以掩之。盖自 Corneille 出，而法国戏曲始成纯粹之艺术，足以怡悦性情，感发神思，不仅为民众娱乐之具矣。

悲剧始成于 Corneille，而喜剧则始成于 Jean Baptiste Molière（1622—1673）。其先模拟意西著作者，大抵取爱恋涉险为材。至 Moliere 始一反所为，求之于日常生活中，自狂愚纰缪之事，以至家常琐屑，无不得滑稽资料，盖昔人所未尝知者也。Molière本商人子，初学法律哲学。二十一岁时，弃而为优于巴里，业败，负债下狱，以援得脱。乃去都。周行各地者十二年，多所阅历，文思益进，遂仿作意大利喜剧，自演之。至一六五九年，作 *Les Preciéuses Ridicules*，写当时社会，于标榜风雅之习尚，加以嘲笑，此风因之渐衰。又于 *L'École des femmes*，示天性之发达，不能以人力防御。及 *Tartuffe* 出，攻难者一时蜂起，而教会尤力，至于禁绝诵读，吓以破门。五年后，始得公演。唯 Molière 之绝作，则为 *Le Misanthrope*。盖在家庭社会间，多历忧患，故心意亦益坚苦，于此剧一罄之。Alceste 以清俊之质，邂逅浊世，高情覃思，迥绝常流，独爱 Célimène，而 Célimène 不能遗世而从之。于是觉悟之悲哀，遂为是剧终局，盖喜剧而具有悲剧之精神矣。

Jean Racine（1639—1699）者，Molière 之友，而 Corneille 之继起者也。幼孤，育于大母，受学于教会。初学 Corneille 为悲剧，后乃自辟径蹊，善写人情之微。其最佳之剧，皆取材希腊，而别具精彩，可与古代名作并驾，*Andromaque* 及 *Phèdre* 是也。唯当时名流，或不满意，倩人别作 *Phèdre* 之剧，同时上场。又出万五千佛郎，募人分赴剧场，力抑扬之，Racine 遂败。因忽发愤，自忏笔孽，隐居不出，嗣后著作遂鲜。

Jean de la Fontaine（1621—1695）所作有诗歌小

说，然以寓言闻于世。二十六年中，凡著十二卷。仿希腊 Aisopos，而实绝异。古之作者，多假寓言以寄教训。La Fontaine 则重在本事，教训特其附属，或且阙焉。盖合小说（Conte）于寓言（Fable），而托之于纯诗者也。故纪载描写，更益精详，与古之寓言以片言明意为上者异矣。且天性纯朴，爱好天物，故状写物情，妙绝天下，称为不可仿效之作。唯十九世纪时，丹麦有 Andersen 作童话，亦为绝技，或可比拟耳。

　　散文著作，则有 Duc de La Rochefoucauld 之《语录》（*Maximes*），与 Jean de la Bruyère 之《人品》（*Les Caractères*），而小说亦渐渐发达。Madame de la Fayette（1634—1696）著 *La Princesse de Cléves*，已脱离旧习，趋于简洁，为 *Manon Lescaut* 之先驱。近代小说，当以此为首出也。

　　十六　英国十七世纪文学，实可析为前后两期。上承伊里查白时代之余绪，下为奥古斯德时代（Augustan Age）之先驱。文化发达，极于侈丽，物极而反，Puritanism 遂渐胜。终乃颠覆王朝，立共和之治，唯峻厉之教旨，不能终厌人心。一六六〇年王政复古，而文艺潮流，亦大变易。法国 Boileau 之影响，被及英国，检束情思，纳诸轨则。至 Dryden 乃定古罗马著作为文章轨范，嗣后古典派势极隆盛，以至法国革命时代。

　　Lyly 与 Sidney 之后，所谓警句（Conceit）之风，

盛行于诗歌，一变而为十七世纪之Fantastic派，John Donne（1573—1631）为之长。Caroline之诗人，大抵蒙其影响，如Herbert及Herrick，皆最显者也。Herrick善遣绮语，颇称佳妙，其媮乐之精神，犹可见文艺复兴小影，与当时清教思想，正可反比也。

戏曲自Shakespeare后，渐就衰微。虽Ben Jonson继起，然不能及，Shakespeare写人生之深密，而Jonson止能写一时世相。其后Beaumont and Fletcher合作戏曲，妍美足称，雅健则不足。自余作者，益务迎合流俗，趋于放佚。清净教徒对于剧场，力加攻击，初禁礼拜日演剧，至革命时，遂悉封闭之。

清教思想，蕴蓄已久，渐由宗教推及政治，终有一六四二年之革命。文学中有Milton与Bunyan二人为代表。John Milton（1608—1674）出自清教家庭，受古学之教育。初作"The Ode on the Nativity"，犹有Fantastic派余习。继作"L'Allegro"及"Il Penseroso"二诗，乃归雅正。"Lycidas"仿希腊Theokritos诗，悼其友之死，假牧人之词，多攻教会失德，Puritan之思想，已明著矣。及革命成，Milton任为Cromwell记室，十余年来，不复为诗。一六五二年以过劳目力，遂失明。六〇年秋Charles二世复位，几不免，后遂隐居，复致力于诗，命其女笔之于书，乃成三大史诗，一曰 *Paradise Lost*，叙撒但之叛与人类之堕落。一曰

Paradise Regained，叙基督抗魔之诱惑，复立天国。一曰 *Samson Agonistes*，叙参孙髡顶瞎目，为 Philistine 人之奴，终乃摧柱覆庙，自报其仇。皆取《旧约》故事，以伟美之词，抒崇高之思，盖合希伯来与希腊之精神而协和之者也。John Bunyan（1628—1688）者，行事著作，与 Milton 绝异。父补釜，Bunyan 世其业。生平所读唯圣书，而宗教思想，深纯独绝。因从新派，游行说教，被捕下狱十一年。及信教自由令出，得释，未几令又废，遂复被禁三年。狱中作《天路历程》（*Pilgrim's Progress*），用譬喻（Allegory）体，记超凡入圣之程。其文雄健简洁，而神思美妙，故宣扬教义，深入民心，又实为近代小说之权舆。盖体制虽与 *Faerie Queene* 同，而所叙虚幻之梦境，即写真实之人间，于小说为益近。其自叙体之 *Grace Abounding*，亦有特色。至 Defoe 乃用之作 *Robinson Crusoe*，此体益以完成矣。

王政复古，政教复一变。Samual Butler 仿 *Don Quixote* 作 *Hudibras*，以嘲清教徒，大为世人所好。昔日整肃之俗，转为放逸。演剧复盛，而日趋于堕落。及党派分立，利用文学，施于政争，讽刺之作，因此大兴。又以时代变迁，情思衰歇，人重常识，不复以感情用事，当时文人，被法国之影响，乃奉古代诗法为模范，重技术而轻感兴，遂别开一新时代。John Dryden（1631—1700）实为之主。Dryden 系出清教家族，始附王室，终归旧教，盖对于政治宗教，初无定见，但随世俗转移。其造作诗曲，亦多迎合时好，非由本意，故或称其以著作为业。至晚年，亦自悔之。惟规定文体，以明决为上，甚有造于后世。英文学之奥古斯德时代，实造端于此矣。

第二章　十八世纪法国之文学

十七　十八世纪为理智主义最盛之时代。文艺复兴，希腊之文明，流播欧土，人心久苦束缚，遂竞赴之，本其自然之情意，力与禁欲主义抗，以立主情之文学。时学术亦主怀疑实验，破烦琐学派（Scholasticism）之障，成主智唯理之哲学。及思潮衰落，文学亦随以不振，哲学则缘理智为重，乃不与之转移。自Bacon创经验说，Descartes立唯理论以来，且益复发达，影响渐及文学。于是昔之诞放繁缛之词，悉见废黜，凡事一准理法，不得意为出入。是事始于十七世纪中，至十八世纪而极盛。论其趋势，与文艺复兴之运动，盖相违忤，唯奉古代著作为师法，则略相似，故并称尚古时代也。然其所尚，第在形式而非精神，又抑制情意，以就理法，亦有偏至。故及 Rousseau 出，倡复归自然之说，而昔日文艺复兴之精神，复现为传奇主义而代兴也。

欧洲十八世纪之文学，以英法为极盛。二者之中，又以法之影响为最大。百年之内，由专制为共和，由罗马旧教为信仰自由，由古典主义为传奇主义，凡此急转，皆大有影响于世界。而推其元始，并由当代思潮所动荡，文人学者，本其宗信，各假文字之力，宣扬于众，以底于成。此十八世纪法国文学之所以异于他国，亦所以异于前代者也。十七世纪之思想，虽亦力去故旧，倾向自由，然仅以个人为主，而是时则推及于人群。十七世纪之著作，其不朽者止因美妙，初不以宣传宗旨为务，是时则多以文字传其思想，不仅为贵人娱乐之具。凡此趋向，盖已见于路易十四世时，La Bruyère 作《人品》，于社会敝俗，已多慨叹之辞。至十八世纪，而致意于此者，乃益多矣。

François Fénelon（1651—1713）在路易十四朝，为皇孙师保，取材希腊史诗，作 Télémaque 一书以教之。用散文作诗，以小说谈教育，甚有特色。于政治道德，尤多新义，已有立君所以利民之说，后遂以是罢免。宗教上之怀疑思想，则先见于 Bernard de Fontenelle（1657—1757）。所著《神示史》（Histoire des Oracles）以论辨希腊罗马托宣之俗为名，而实于基督教神异之说，加以掊击。盖所言虽限于古代异教，而迷信起源，本无二致，鉴古征今，可知正教之奇迹，与外道之神言，相去固不一间也。及 Montesquieu 之《波斯尺牍》（*Lettres Persanes*）与 Voltaire 之《哲人尺牍》（*Lettres Philosophiques*）出，而此新思潮，遂益复完全表见矣。

Charles-Louis de Secondat, Baron de Montesquieu（1689—1755）以《法意》（*De l'esprit des lois*）一书闻于世。《波斯尺牍》成于一七二一年，假为二波斯人记游法所见，贻其亲友之书，于当时政教社会各事，加以评骘。微言妙语之中，实寄忧世之深情。Montesquieu 虽法家，亦长于文。是书托之波斯人作，则便于评议，又藉东方风俗以为渲染。简毕往来，游人记所目睹，而故乡消息，则举波斯之事相告。宫闱之中，妇寺构煽，尤多隐秘，为谈论之资。故其结构纯为小说，而对于政教之意见，则精神仍与《法意》近也。Voltaire 本名 Francois-Marie Arouet（1694—1778），颠倒其姓以自号。以讪谤疑罪被放，后复被禁锢十一月。至一七二七年，又与豪家斗，遁居英国三年，遂作《哲人尺牍》，详述英国情状，而于信仰自由，尤所神往，重真理爱人类之气，露于行间。法国当局虑其惑人，遂禁传布，并命刑吏以一册焚于市云。Voltaire 所作，初多诗曲，尝仿史诗作 *La Henriade*，咏亨利四世事，甚行于世，至比之 Vergilius，然实非其特长。《尺牍》以后，著作甚多，虽种类殊别，而思想本柢，在破迷执而重自由则皆同。六十岁后，隐居村间，多作答问小品传布之，攻难宗教甚力。盖天性既与宗教之神秘思想素远，而感觉又特明敏，多见当时冤狱，如Calas，Sirven及La Barre等案，事至凶酷，其因乃悉由教争。故平生以摧毁污恶为务，若其所谓污恶者，则宗教也。唯Voltaire虽以宗教为文化进行之大敌，毁之不遗余力，而于政治颇主保守。其论艺文，亦奉古代义法，与并世文人别无所异。

二子《尺牍》之出，为新思想代表，而当时绝少应和。及中叶以后，世事顿复变易，路易十五时政治日坏，弊已彰著，于是二人文字之功，亦渐成就。先觉之士，咸奋然兴起，有改革之心。此诸"哲人"（Philosopher）怀抱之旨，得以二语总之，曰理性，曰人道。既不满于现社会之情状，乃欲以智识真理之力，破除一切偏执迷信，愚蒙缪妄，合人群知力，以求人类幸福。又以政教之敝，实由义旨之差谬，故当专务治本，以文字为道具，觉迷启智，先谋国民精神之革新。而其影响，则崇尚理性，毁弃旧典，主思想自由，开近世科学精神之先路。护持人道，于非刑曲法之事，力发其覆，又反对奴制，非难战争，亦皆率先大号。其精神颇有与文艺复兴时相类者，唯其为学，不求一己之深造，而冀溥及于大群。欲世界文化，分被于人人，得以上遂，至于至善之境。故对于现在，虽多不满，而于未来则抱昭明之希望，此实当时哲人共通之意见。而其事业，则见之于编纂《类苑》（Encyclopedie）一事。为之长者，即 Diderot 也。

Denis Diderot（1713—1784）初佣于书肆，以卖文自给。其所宗信，由自然神教（Deism）转为无神论，复进于泛神论。尝作《盲人说》，假为英国学者之言，以申其意，坐禁锢三月。一七四五年，巴里书贾谋译英国 Chambers 类苑，属 Diderot 主之。Diderot 允之，而不以转译为然，因招诸人，共理其事。教会忌而力阻之，共事者或稍稍引去，Diderot 不为动，朝夕撰集，终得成，前后已三十年矣。其书本类书，又多草创，故未能尽美，唯传播思想，则为力甚伟。启蒙运动（Enlightenment）之成功，实在于此。Diderot 曾作戏曲论文，又仿英国 Richardson 等作小说，_Le Neveu de Rameau_ 最善。当时未刊行，至十九世纪初，Goethe 自原稿译为德文，始见知于世。

Jean-Jacques Rousseau（1712—1778）行事思想皆绝奇，影响于后世者亦独大。Rousseau 生而母死，父业造时表，使世其业，Rousseau 不愿，遂逃亡。少行不检，飘流无定止。一七四一年至巴里，以音乐闻，又作剧曲得名，与 Diderot 等为友。偶读报知 Dijon 学会县赏征文，论美术科学之进步与道德改善之关系，作文应之，得上赏。后又作文，论人类不平等之起原，并论其是否合于自然律，虽不得赏，而Rousseau之大事业，实始于此。一七六一年后，*La Nouvelle Héloïse*，《民约论》（*Contrat Social*），*Émile*相继刊行。一时世论哗然，政府公焚Émile于市，欲捕治之，逃而免。Rousseau性好争，又多疑，与Diderot绝交，又与Voltaire以文字互相诋諆。历奔各地，皆不见容，益疑Voltaire害己，终应Hume之招，避居英国，始作《忏悔录》（*Confessions*）。顾复疑Hume与谋将见陷，乃匿名返法国，至七八年七月暴卒。凡Rousseau思想，可以复归自然一语，为之代表。意以为人性本善，若任天而行，自能至于具足之境，唯缘人治拘牵，爰生种种恶业，欲求改善，非毁弃文化，复归于自然不可。其说与当世哲人之提倡文明，欲补苴为治者，迥不同矣。虽由今言之，或不无偏至，而其时发聋振聩，为效至大。公道平等之义，由是复申于世。文艺思潮，亦起变革，其影响所及，盖不止十八世纪之法国文学已也。

　　Rousseau中年所作论文，于当时虚伪浮华之俗，抨击甚力，主复归自然之说，Voltaire评之曰，汝使人将以四支并行矣。Rousseau意谓人生而自由，各自平等，社会后起，因被束制，强分贫富贵贱强弱主奴之级。所言生民原始情状，与社会起源由于契约，不与史实相合，Rousseau亦自知之。唯假以说明现状由来，并指示未来之归趣，则至为便捷。资财私有，实侵自然之权利，反抗权威；为个人之特权，人人相等，平民之尊，不亚于贵人学士，凡此诸义，皆得由是成立。及作《民约论》，乃由破坏而进于建设，示人以自由与政治得相调和，谓人生而自由，及其入世，乃随处在缧绁中，故道在复返自然。然社会秩序，亦为神圣，则唯当变革社会制度，使益近自然，斯已可矣。故应本民约原旨，以投票之法，取众人公意，立为政府，庶几自由可得，平等可至。盖人人以公意为意，自得自由，在民意政府之前，又人人平等故也。此Rousseau之民主思想，影响于后世人心极大，Robespierre亦私淑Rousseau之一人，至革命时而实行其说焉。

　　*La Nouvelle Héloïse*者，以小说而言家庭之改良。书用尺牍体，言Saint-Preux爱Julie，而女从父命归他氏，Saint-Preux断望出走。后复还，遇Julie，历诸诱惑，皆不失其守，未几Julie以保育过劳卒。其书上卷，盖以写人间本性，发于自然。次卷则示其与社会之冲突，而终以节制，归于和解。唯其本旨，乃在写理想之家庭，简单真挚，与世俗之虚伪者不同。*Émile*者Rousseau言教育之小说，述Émile幼时之教育，一以自然为师法。生而不束褓褓，俾得自由，五岁就外傅，使亲近生物，嬉戏日光颢气中，凡虚伪造作诸事物，悉屏绝不使闻见。十二岁读书，观察实物，习为劳作。读*Robinson Crusoe*，学自助之道。十五知识初启，教以悲

悯慈仁之德。读 Plutarkhos 与古贤相接，读 Thukydides 以知世事，读 La Fontaine 以知人情。十八岁乃可教以信仰，进以美育，以成完人。Rousseau 教育学说，本出理想，非经实验而得，然至理名言，至今弗改。自 Froebel 以后，儿童教育，大见变革，实 *Émile* 为之创也。

《忏悔录》凡十二卷，为 Rousseau 自传。自少至长，纤屑悉书，即耻辱恶行，亦所不讳。而颠倒时日，掩饰事迹，亦复恒有。然 Rousseau 性格，亦因此益显其真。其为是书，意盖欲自表白，谓天性皆善，第为社会所污，虽能自拔以至于正，而终为世之所弃。同时 Saint-Simon 亦自作传记，于一己之感情，鲜有叙及，盖当时之思潮使然。Rousseau 此书，则自写精神生活，处处以本己为中心，导主观文学之先路。且其爱自然重自由之意气，亦浸润而入文学，为传奇派之一特色。故言近世文学，于传奇主义之兴，不得不推 Rousseau 为首出也。

十七世纪以来，法国文体，归于雅正，小说亦渐改观。Abbé Prévost（1697—1763）初为牧师，后弃去，漫游荷兰英国各地。比归，以著述自给。译 Richardson 诸小说，又自作小说甚多，唯 *Manon Lescaut* 一种称最。其书盖承 La Fayette 余绪，而更进于美妙。Manon 既爱 Grieux，复眷现世之安荣，Grieux 知其不贞壹，而不能不爱。数经离合，终乃追随至美洲荒野，及见 Manon 之死，实一世之杰作也。当时 La Sage 作 *Gil Blas*，仿西班牙之 Picaresca，而实写世相，称百折之喜剧，Marivaux 作 *Vie de Marianne*，分析女子性情，多极微妙，皆为长篇佳制。十七世纪中叶以后，哲学思想，渐及小说，与感情主义溷合，于是面目又一变，Rousseau 之 *La Nouvelle Héloïse*，则其代表。写人世之爱，发于本然，而归于中正。赞扬物色之美伟，称述理想之家庭，盖以艺文抒情思，并以传教义者也。继其后者，为 Bernardin de Saint-Pierre（1737—1814）。其 *Paul et Virginie* 一书，上承 Rousseau，下启 Chateaubriand，为新旧时代之联锁。Saint-Pierre 幼读 *Robinson Crusoe* 及耶教传道纪行，即有志远征，立 Utopia 于荒岛，弃人治而任天行，期造一美善之社会。后以政府遣，往 Madagascar 为工师，归而作游记，极赞自然之美。Rousseau 方隐居巴里，甚相善，而 Saint-Pierre 亦病，几发狂易。后渐愈，乃致力于学，作《自然研究》三卷。意见与 Rousseau 略同，谓自然慈惠而谐和，唯社会暴恶，实为之障。天地间事物，悉为人群乐利而设，瓜之大，以供家人之分享，而瓠尤大者，以备与邻共之也。又以为欲求真理，当藉情感，不能以理性得之。当时人心已渐厌理智主义之寂寞，复生反动，Saint-Pierre 之意见，遂得世人盛赏。一七八八年，《自然研究》第四卷出，*Paul et Virginie* 即在其中。言二人相悦，见格于姑，终至死别。写纯挚之情，以热带物色为映带，成优美之悲剧。作者旨趣，盖以自然与情爱之美大，与文明社会及理智人物相反比，而明示其利害。思想本之 Rousseau，题材则取诸希腊 Longos 之 *Daphnis kai Khloe*。唯荟萃成书，则为 Saint-Pierre 一己之作。书出，举世叹赏，那颇仑亦其一也。

第三章　十八世纪南欧之文学

十八　意大利十八世纪情状，较前世纪特见进步。其时方脱西班牙羁勒，政教稍稍宽和，民气亦渐苏，文艺学术，遂得兴盛。又受法国影响，Gian Vincenzo Gravina之徒，于十七世纪末年，创立Arcadia学院，提倡诗法，偏重韵律，虽病枯索，而视Marini派之奇矫已有进。中叶而后，独立之诗人亦渐出。Giuseppe Parini作讽刺诗《一日》(*Giorno*)，分朝午夕夜四篇，述贵介子弟一日中行事，以刺游惰。刻画世情，颇称工妙。Giovanni Meli以Sicilia方言为诗，多述自然之美，又善写故乡人情风俗。德国Heyse称之曰，歌谣拟曲，皆出Sicilia，古今同然。盖以古希腊之Theokritos与Sophron，皆生其地也。

意大利戏曲，自 Machiavelli 以后，已渐发达，至十八世纪而极盛。古时之剧，出于宗教，与欧洲各国同。Rappresentazione 者，专演圣迹，与西班牙之 Auto 相类，其后转而言史事，遂与仪式分离。唯缘罗马文化影响，作者多模仿古剧，不能自成一家。及十八世纪，Vittorio Alfieri（1749—1803）始作完善之悲剧。Carlo Goldoni（1707—1793）仿 Moliere 为喜剧，亦绝妙。然意大利国民戏曲，尚别有在，与此二剧并自外来者殊异。即俗剧（Commedia dell'arte）与歌剧（Opera）是也。俗剧通称假面剧（Mask），行于民间。盖与希腊喜剧，同起于 Dionysos 之祭。酒滓涂面，转而为面具。自罗马古代以至中世，相传不绝。至十六世纪乃益盛，Francesco Cerlone 演之为滑稽剧。唯进于文艺，则自 Carlo Gozzi（1720—1808）之 Fiabe 始。以神怪传说为材，而隐讽当时，与希腊中期喜剧，有相似者。及 Gozzi 辍作，此体亦绝，唯存民间旧有之曲矣。歌剧者，正称 Melodramma，盖合景色音乐歌咏三事而成。草创于 Apostolo Zeno，至 Pietro Metastasio（1698—1782）而大成。Metastasio 本姓 Trapassi，幼时讴歌道上，为 Gravina 所闻，收为义子，更其姓。希腊语义曰移居也。其诗才殊敏妙，又美声音，故得大名，假面剧与歌剧，虽性质殊别，不能并论，然其为意大利特有之艺术，则固同也。

十八世纪中，英法小说盛极一时，意大利别无创作，即模仿亦罕。唯 Alessandro Verri 取材古代，作小说数种。及 Ugo Foscolo（1778—1827）出，已在革命之后。Foscolo 生于希腊，其先为威尼思人。甚爱故国。及共和政府亡，悲愤不能自已。又以爱恋失意，因为小说 *Le Ultime Lettere di Jacopo Ortis*，言 Ortis 悼叹身世，终于自殊，盖用以自况。其次第在 Goethe 之 *Werther* 与 Chateaubriand 之 *René* 之间，虽美妙不能及，亦一时名作也。

西班牙文学，此时亦颇受法国影响。十八世纪初，Montaigne 之文，Corneille 等之戏曲，多见移译。Ignacio de Lúzan（1702—1754）学于意大利，作《诗法》一卷，以 Arcadia 派之说为本，而主义则与 Boileau 一致。Góngora 之诗风，遂因此衰落。Lúzan 之论文艺，合教训而一之，谓诗与道学目的相同，古代史诗本为启发君心之用，其说多不可通。唯除旧布新，为力颇伟耳。Jose de Hervas 与 Benito Feijóo 等皆从新派，致力于文，诗人亦渐兴起，然别无名世之作，故不详述。

第四章　十八世纪英国之文学

十九　英国十八世纪上半期文学，大概为门户文学。Tory 与 Whig 二派争长，各以文字相嘲骂，艺文之事，在位者假为政争之具，在下者则依以谋食。一世才智之士，莫能脱其范围，至于末流，则阿谀侮辱，莫不过量，因入恶道，Pope 作 *Dunciad* 之诗，历加诛伐，正未为过也。文学目的，既在党争，故讥刺诗极盛。抒写世相，揣摩人情，亦至深切。虽所言限于都市，研究人生亦肤浅无真谛，而体状社会，类极微妙，为未曾有。文章规范，自 Dryden 以后，益归整壹，简洁晓畅，重在达意，若情思想象，悉所废弃，其内容亦重人事而远天然。以此因缘，十八世纪，乃文盛于诗。小说勃兴，影响及于世界。诗则 Pope 而后，此派渐衰，终趋于变也。

Alexander Pope（1688—1744）继 Dryden 之后，为文坛盟主，而不以文为业。译 Homeros 史诗，得酬九万金，遂隐居 Twickenham。人从而称之曰 Twickenham 之壶蜂，言善刺也。尝作 *Dunciad* 以刺当时文士。*Essay on Man* 则教训之诗，虽鲜宏旨，而词义精炼，多为后世称引。其最大著作，为《劫发记》（*The Rape of the Lock*）一篇。以史诗体裁，咏琐屑之事，甚见作者特色，且足为都会文学之代表。女王 Anne 时，英国文化，流于侈丽，士女酗嬉无度，此诗颠倒重轻，善能即小见大，时代精神，于此仿佛见之。

英国 Essay 之作，始于 Bacon，其时法国 Montaigne 所作，则流丽轻妙，别具风致。王政复古后，Cotton 二次移译，遂大流行，模仿者甚众。一千七百九年 Steele 及 Addison 刊行 *Tatler*，始用于报章。十一年 *Spectator* 出，改为日刊，社会万事，俱加评骘，造辞隽妙，令人解颐。每金曜日多论文艺，土曜论宗教以为常。Addison 尝言，吾自学校书库中，取哲学出，而致诸公会茗肆之间。其传布思想于民间者，为力至伟。二人著述，多不题名。谓有公会，集诸名流，以观察所得相告。中有 Sir Roger de Coverley，为乡邑士夫，记其言行，久之成卷，描写性格，能得神似，于小说发达，颇有影响。二人亦作诗曲，唯不闻于后世，其所以不朽者，唯在报章论文（Periodical Essays）而已。

十八世纪以前小说，大抵皆 Romance 而非 Novel。如 *Utopia* 及 *Nova Atlantis*，所言并为理想之乡。*Arcadia* 之牧人，亦非人世所有。*Euphues* 以游记载其箴言，*Pilgrim's Progress* 则喻言也。*Coverley* 一卷，几近于 Novel，唯本为报章文字，偶然而成，故无脉络以贯之。至 *Robinson Crusoe*，而近代小说始成立。Daniel Defoe（1659—1731）毕生从事政教之争，尝以文字之祸，荷校于市，又居狱者二年。独编 *Review*，平论时政。至一七一九年，*Robinson* 初卷出，Defoe 年已六十矣。十五年前，有舟人 Alexander Selkirk，为同僚所弃，独居 Juan Fernandez 岛四年，后得返国，报纸争传其事，Defoe 曾亲往询之，及后遂成此书。想象之力，记叙之才，皆独绝，举世称赏。是后复作小说七种，多记冒险事，写实小说之风，于是始立。*Journal of the Plague Year*，记一七二二年大疫情状，后世史家，至误为事实而引据之。*Memoirs of a Cavalier* 则为最初之历史小说，实开 Scott 之先路者也。

Jonathan Swift（1667—1746）作 *Gulliver's Travels*，与 *Robinson* 齐誉。其初亦致力政争，尝任主教，及落职穷居，乃发愤作《游记》四卷，以刺世人。侏儒巨人，浮岛马国，皆非人境，事亦荒唐无稽，而记载如实，乃与 *Robinson* 同。大意仿希腊 Lukianos 之《信史》(*Alethes*

Historia），而设想奇肆，寄意深刻盖过之。Lukianos 所刺，犹有程限，Swift 则意在诅祝其所"深恶痛绝之禽兽"，即人类是也。马国之人（Houyhnhnm），马形而人性，具至德。Gulliver 自视，则身入 Yahoo 之群，圆颅方趾，而秽恶凶厉，不可向迩。平生愤世疾俗之意，于此悉倾写之。论者谓书页间有火焰丝丝散射，善能形容其气象者也。Swift 天性刚烈，有大志而不得申，因孤愤厌世，终以狂易卒。

　　Defoe 与 Swift 小说，多言涉险，故事迹虽非神怪，亦殊异于寻常。至以家常琐事为小说者，乃始于 Samual Richardson（1689—1761）。又言感情而非叙事实，故变自述体为尺牍。一七四一年作 *Pamela*，又名 *Virtue Rewarded*，篇首署言为培养宗教道德而作。继以 *Clarissa Harlowe*，写女子心情，皆至微妙。Henry Fielding（1707—1754）戏仿其意，为 *Joseph Andrews*，假言即 Pamela 之兄。以相嘲弄。顾初意虽为 Parody，渐乃自忘，成独立之作。一七四九年 *Tom Jones* 出，结构精美，称英国小说之模式。Fielding 书皆记叙，不用尺牍，又不以教训为主，与 Richardson 异。专纪社会滑稽情状，Byron 称其善言人情，名之为 Prose Homer。次有 Tobias Smollett（1721—1771），初仿 Picaresca 作 *Roderick Random*，杰作曰 *Humphry Clinker*，则成于晚年。Smollett 业医，附海舶漫游各地，多所阅历，其为小说，旨在披示世情，使人哀其愚而疾其恶。是三子者，同为当世小说名家，而影响于世者，微有差别。Richardson以描写性格见长，Fielding则善图世相，后世小说，由此分为两支。Smollett乃两无所属，盖乘新兴之流，合写实小说与冒险故事，别成一体者也。

Laurence Sterne（1713—1768）作 *Tristram Shandy*，与 Johnson 之 Rasselas 同 年 行 世。是 书 及 *Sentimental Journey*，皆为 Sterne 独绝之作。唯体制略近 Addison，几与小说殊途。Samual Johnson（1709—1784）继 Pope 为文人领袖，编刊 *Rambler*。其作 *Rasselas*，七日而成，但以寄意，初无结构，虽无与于小说之发达，然足见当时小说流行之盛况矣。Johnson 为文，厚重雅正，足为一世模范。且性情高洁，谢绝王公馈遗，一改前此依附之习，立文士之气节，此其功又在文字之外者也。

Oliver Goldsmith（1728—1774）者，Johnson 之友，其行事至乖僻，而文才隽妙。所作小说 *Vicar of Wakelield*，结构颇散漫，设想布局，或有阙缪，然文情优美，时鲜其俦，古今传诵，非无故也。又仿《波斯尺牍》作 *Citizen of the World*，设为二支那人 Lien Chi Altangi 与 Fum Hoam 之言，评议英国风俗，凡百十余篇。《旅人》（*Traveller*）及《荒村》（*Deserted Village*）二诗，亦杰作，形式虽旧，而新精神伏焉。盖都会文学，渐变而言乡村生活，人事之诗，亦转而咏天物之美矣。

自来诗人歌咏，不外自然与人生二事。前代文学，大抵以人为中枢，自然只用于点缀，未尝专为题旨。一七二六年 James Thomson（1700—1748）作 *Seasons* 四卷，分咏四时之美，最为首出。二十年后有 William Collins 与 Thomas Gray 等，咏叹自然，而寓以人生，Goldsmith 之诗亦属之。且平等思想，渐益发达，对于人类，具有同情。齐民生活，遂渐代都市之繁华，为文章主旨。又于古代异域之文化，亦多兴趣。一七六五年，Thomas Percy 编刊《古诗残珍》（*Reliques of Ancient Poetry*），民谣始见著录。六十二年 Macpherson 译《Ossian 之歌》，虽真伪难辨，而传播 Celtic 趣味，使人发怀古之情，为力至大。凡是诸流，终合于一，演成新派，以 Cowper，Crabbe 与 Burns 为之先驱。若 Blake 则以画家诗人而为密宗（Mystic），遗世独立，自成一家，亦十八世纪之畸士，古今所未有也。

William Cowper（1731—1800）早年著作，犹守 Pope 矩矱，后乃变更，废对句（Couplet）为无韵诗，又改译 Homeros 史诗。所作 *Task* 一诗，始于一七八五年，凡六卷。言乡居景物，凡节序变化，山林物色，田园生活，以至兽类之嬉戏，无不入咏，似 Vergilius 之《田功诗》。而于微贱之人生，尤有同情，与 Crabbe 相同。George Crabbe（1754—1832）于一七八三年作 *The Village*，写民间罪恶疾苦，力反前此 Pastorale 之理想主义，归于实写。自言吾画茅檐中事，一如真实，非若歌人所吟。Byron 称之为自然最酷最真之画家，世以为知言。Robert Burns（1759—1796）本苏格阑农家子，用方言作诗。一七八六年第一卷出，其歌咏贫贱生活，与 Crabbe 同，而爱怜物类，则似 Cowper。有《咏田鼠》（"To a Field Mouse"）一章，蔼然仁者之言。与 Cowper 之爱及昆虫，谓亦自有其生存之权利者盖相若。唯 Burns 于此二者之外，乃更有进。其诗多言情爱，直抒胸臆，不加修饰，为近世所未有。又以爱其故国，于古代光荣，民间传说，皆得感兴。是皆传奇派之特色，而于 Burns 先见朕兆者也。

William Blake（1757—1827）工诗善画，时得灵感，睹种种幻景，其《预言书》（*Prophetic Books*），则合是三者而一之，一七八九年作 *Songs of Innocence*，以真纯之诗，抒写童心，称绝作焉。爱儿童，怜生物，述常事，皆为新思想代表。复憎政教之压制，理智习俗之拘囿，亟求解脱，故致力于伊里查白时文学。其《呈诗神》（"To the Muses"）一诗，乃叹情思之衰微，冀复返于古昔自由之时代。故其诗上承文艺复兴，下启传奇主义。十九世纪初，Wordsworth 等出，力抑古典派文学，去人为而即天然。Blake 诗云：

Great things are done when man and mountains meet;

This is not done by jostling in the street.

即示此意。"Marriage of Heaven and Hell"，为《预言书》中最要之作。《魔之声》（"Voice of the Devil"）一节云，人舍精神外，别无身体。盖身体者，即精神之一部，可以官能感觉者也。力即生命，自身体出，而理乃即力之外界。义甚精密，为古来言灵肉一致者之最，故其思想甚为近代推重也。

第五章　十八世纪德国之文学

　　二十　十八世纪德国文学，发达至速，且称极盛，可与英法比美。前世纪中，前后 Silesia 派，模拟意法，益流于滥，千七百三十年顷 Johann Christoph Gottsched（1700—1766）起而振之，著《批判诗法》（*Kritischen Dichtkunst*），乃纯依 Boileau 之说，其提倡戏剧，亦以法国著作为宗。唯英国文学思想，亦渐流布，当时文人如 Johann Jakob Bodmer 等，均蒙影响，相率而起，力斥理智主义，以情思为文学根本，势力日盛。Friedrich Gottlieb Klopstock（1724—1803）作《救主》（*Der Messias*），虽在今视之，已为陈言，然脱离旧典，依个人情思，发为文学，实自此始。普鲁士时以 Frederick 之功烈，勃然兴起，日耳曼民族亦自觉，发独立自尊之念，于条顿文化特致爱重。故思潮之来源，多在英国，与法渐远。Christoph Martin Wieland（1733—1813）则自幼受 Platon 哲学之化，中年著作，多归依希腊，或取诸东方，以寄其尚美之教。所作小说 *Agathon*，及 *Musarion* 一诗皆是。*Musarion* 曰，唯美可为爱之对象。伟大艺术，唯在能分析之，使与物离耳。即 Wieland 之主旨也。七十年后，有 H. Johann Voss 与 H. Christian Boie 等，结林社（Der Hainbund）共论文艺，以 Wieland 崇尚外国思想，颇反对之。此派之诗，以 Klopstock 为宗，多爱乡怀古之思。Voss 作田园诗，力主单纯，写乡村生活。Gottfried August Bürger 则为民谣大家，其 *Lenore* 一篇，影响深广，盖不亚于 Goethe 之 *Werther* 也。Ossian 与 Percy Ballads，传译入德国，众始知天籁之美，非人工所能及。其言质实，其情挚诚，多涉超自然之事物，富于神秘思想。皆足感发人心，与 Klopstock 派之个性主义相合，造成新流。是可谓之 Sturm und Drang 之一支，而见于诗歌者也。

Sturm und Drang 之运动，始于 Herder，而先之以 Winckelmann 与 Lessing。二人所事虽不同，皆以希腊为艺术模范则无异。Johann Joachim Winckelmann（1717—1768）著《古代美术史》，盛称希腊雕像之美。Laokoon 父子，为巨蛇所缠，而雕像殊镇靖，乃不类 Vergilius 所言。Winckelmann 谓其表示 Noble Simplicity

与 Quiet Grandeur 之精神，为希腊雕刻所同具。Gotthold Ephraim Lessing（1729—1781）作 *Laokoon* 一文辩之，以为绘画雕刻，但表物体，诗表行事，不能相通。唯 Lessing 于艺事初未深造，故所论不能甚密。生平事业，专在戏剧。其说见 *Hamburgische Dramaturgie* 中，推重希腊古剧，以 Sophokles 为典型。英国文艺复兴时戏曲，去古未远，亦可师法，不当以模拟法国十七世纪著作为事。按其主张，盖纯粹之古典主义也。所作剧 *Miss Sara Sampson* 仿英国 Lillo 作，写日常人生之事，自称 Bürgerliche Trauerspiel。次为 *Emilia Galotti*，为完美之家庭悲剧。杰作则为 *Nathan der Weise*，取材于 *Decamerone*，以三指环立喻，说信仰自由。意谓诸宗之教，各具至理，别无短长。唯比量善果，乃有次第可见，而其时又须在千万年后。其宏博之见，与当世哲人鄙弃宗教，因以放任为信仰自由者，迥不同矣。

Johann Gottfried Herder（1744—1803）盖批评家而非文人，故别无创作。幼读 Rousseau 书，又受博言学者 Hamann 教，以为研究人类历史，当自元始状态始。故其论诗，亦以古代或原人之作为主。其说曰，诗者人类之母语。古者治圃之起，先于田功，绘画先于文字，故歌谣亦先于叙述。各国最古之作者，皆歌人也。且其诗歌，各具特色，不可模拟。盖缘言为心声，时代境地，既不相同，思想感情，自各殊异。古歌虽美，非今人所能作，但当挹其精美，自抒情思，作今代之诗，斯为善耳。Ossian 诗出，Herder 著论称赏，谓可比 Homeros。且曰，凡民族愈质野，则其歌亦愈自由，多生气，出于自然。Homeros 与 Ossian 皆即兴成就，故为佳妙。歌人作而诗转衰，及人工起而天趣遂灭矣。Herder 本此意，为诗选六卷，曰"民声"（*Stimmen der Völker in Liedern*），分极北希罗拉丁族北欧日耳曼诸篇，以示诗歌标准。所尊重者为自然之声，感情锐敏，强烈而真挚者也。千七百七十年，Herder 就医 Strasbourg，乃遇 Goethe。其后新潮郁起，Goethe 为之主，而动机即在此与 Herder 相识时也。

Sturm und Drang 者，本 Maximilian Klinger 所造，以名其曲，人因取以号当时之思潮。其精神在反抗习俗，以自由天才精力自然四者相号召。重天才，故废弃法则。崇自然，故反对一切人为之文化。于社会制度，多所攻难，或别据感情判断，以定从违。以情感本能，为人性最高之元素。凡刚烈之士，与社会争，或绁世网者，为人生悲剧之英雄，皆所乐道。至于文体，则忌驯而尚健，尽所欲言，不受拘束。或以一言概之，谓即以本然（Urnatur）抗不自然（Unnatur）是也。Johann Wolfgang Goethe（1749—1832）少学律，初仿 Klopstock 为诗，及与 Herder 相见，又受 Rousseau 之化，思想遂一变。复识 Friederike Brion，多作抒情之歌，意简而情真。终复诀去，心怀楚悲，于后此思想，影响至大。七十三年作历史剧 *Götz von Berlichingen*，述十六世纪勇士 Gottfried mit der eisernen Hand 事，为当时代表著作。次年 *Die Leiden der jungen Werthers* 出，声名遂遍欧洲，与 *Pamela* 及 *Nouvelle Héloïse* 同称言情小说之祖。唯写青年之哀愁，足以见时代精神者，则 Goethe 所独具也。已而复爱 Lili Schönemann，然又重其自由，遂去故乡，客 Weimar 侯之廷，一时著作中绝。居十年，忽去而之意大利，漫游二载，思想渐变为纯粹之古典主义。所作曲皆以希腊为式。无复往时不驯之气，Sturm 运动亦渐衰。Friedrich Schiller（1759—1805）早岁受思潮影响，作《盗》（*Die Rauber*）《诈与爱》（*Kabale und Liebe*）诸剧，多反抗之音。后见希腊文艺而大悦，又从康德治美学，以美感为人生向上之机。遇 Goethe 于 Weimar，遂相友善，称古典文学双璧焉。Schiller 所作皆戏剧，以 *Wilhelm Tell* 及 *Die jungfrau von Orleans* 为尤最。Goethe 著小说 *Wilhelm Meisters Lehrjahre* 前后二卷，初言剧场内情，终乃推及十八世纪社会。Wilhelm 游行贵族平民间，从经历中得处世之术，所谓如扫罗然，寻驴而得国也。又仿古代田园诗作 *Hermann und Dorothea*，止写类型，不重个性，为古典派名著。*Faust* 二卷，则成于十九世纪初，为 Goethe 毕生大著，诗才哲理，皆可于此见之。

Goethe 作 *Werther*，盖受 *Héloïse* 影响，二者并用尺牍体，言爱恋赞自然亦相似，又俱与著者身世相关。唯 Rousseau 虽缘 Mme.de Houdetot 之爱，转以写 Julie，而全书主旨，乃在述理想家庭，播布己见。Goethe 则初无寄托，仅直抒所怀愁绪，殆类自序，故深切颇过之。Goethe 既别 Friederike，复悦 Charlotte Buff，而女已字人，因设 Werther 自况，爱 Lotte 不见答，作书遗友朋，以寄其哀怨。唯 Goethe 终复亡去，得自救免，而 Werther 乃断望自杀。是时有少年 Jerusalem 死事与此正同，Goethe 盖于 Werther 自述心曲，而假 Jerusalem 为结束也。凡青年期之悲哀，人所同历，Werther 实为之代表，故其书虽故，而与人性常新。十八世纪末，思潮转变，集为新流，Goethe 此书亦首出。其时人心动摇，郁抑倦怠，不满于现世，彷徨而不得安。Tacitus 所谓人生之倦（Tedium Vitae），十二世纪之沮丧（Athymie），十八世纪之时代病（Mal de Siècle）皆是也。Werther 之悲哀，亦即此时代精神之一面，而 Faust 之不满，则又其一也。

Faust 第一卷成于千八百八年，又二十四年，次卷始出。Doktor Faust 者，德国中世传说之英雄，以求无上智慧故，鬻其魂于妖鬼 Mephistopheles，其说流布民间，或演之为傀儡剧。Goethe 少时日记云，Faust 剧时系吾心，吾亦尝求种种智，而知其虚空。又阅历人

事，益复不满。盖蓄意作此已久，初稿一卷，今通称 *Urfaust* 以别之。其书言 Faust 百不满意，因弃正道，别求神通于天魔。又爱 Gretchen，而终诱之以入于灭亡，盖纯为 Werther 时代之英雄。全书以 Gretchen 悲剧为主体，当时新派诗人 Heinrich Leopold Wagner 作《杀子之妇》(*Die Kindermorderin*)，亦取此意，为家庭悲剧。唯其稿初未印行，越三十年，始刊第一卷。虽以旧作为本，而大有增改，精神绝异。前此之 Faust，为激烈少年，后之 Faust，则深思力行之哲人。其与鬼约，非仅以求媮乐，得神智，且实与之角。苟能使自厌足，止其上遂之志者，以魂魄归之，犹约百之往事而反之者也。卷中亦言 Gretchen 事，唯先之以丹室之场，饮丹药以驻颜，为初稿所无。又与 Mephistopheles 誓约之言，亦 Goethe 中年作，其意至第二卷始显。Faust 以魔力事国君，化纸为泉货，召 Helene 之影于泉下，以娱君心，大得宠任。其后分封海隅，乃尽力民事，精进不懈。比及百岁，遂付魂魄于天魔。虽终未满志，亦不悔其虚生。临绝时云，人唯日日为生命自由而斗者，乃克享其生命与自由。天使歌云，凡奋斗不息者，吾侪能救之。故魄归天魔，而魂终不可得，此 *Faust* 一篇之乐天人生观也。Goethe 早年著作，以个性主义为根柢，渐乃转变，染十八世纪利他主义之思想，至晚年益深。以为人生目的，应求个性之发展，唯当以利群为依归，奋斗向上，各尽其力而止。如Faust，智识幸福，以至真美，皆不能厌足其心，唯置身世间，自为众人中之一人，勉力进行，乃能于不满足中，得人生究竟。此诗解释纷纭，迄今未能悉详，言其大意，或当如是而已。

第六章　十八世纪北欧之文学

二一　北欧文学自 *Edda* 发见后，阅时五百余年，传说（Saga）以外，无名世之作。至 Ludvig Holberg（1684—1754）出，立丹麦近代文学之始基，所作喜剧，今犹传诵之。Holberg 本诺威人，时诺威与丹麦合国，又别无文字，文人皆用丹麦语著作，故后世亦称之为丹麦诗人也。Johannes Evald（1743—1780）取材古代神话，作为诗歌，为传奇派之先驱。又作 *Rolf krake*，称丹麦最先之悲剧。Jens Baggesen（1764—1826）著作甚富，有声于时。唯别无覃思宏义，不能代表时代之精神，故 Oehlenschläeger 兴起，其势力亦就衰矣。

瑞典文学之兴，在宗教改革以后。Georg Stjernhjelm（1598—1672）多作诗曲，自具特色，为十七世纪最

大诗人。唯当时文学趋势，渐倾向法国，Boileau 之
势大张。Gustavus 三世提倡甚力，文人辈出，盛极一
时，如 Kellgren 及 Oxenstjerna 皆是也。Johan Gabriel
Oxenstjerna（1750—1818）为诗虽守旧型，思想已渐趋
于变。描写山林物色与民间生活，有 Cowper 流风。德
国传奇思想，亦渐流入。Karl Mikael Bellman（1740—
1795）作诗感怀古昔，多爱国之音，甚为国人所好。启
明星派与峨斯会遂相继而起，而传奇派文学，亦造端于
此矣。

　　二二　俄国在十八世纪前，舍民谣（Bylina）外，
几无所谓文学。其初为蒙古所侵，继复苦于苛政，故民
气消索，无欢愉之音。又其宗教最足为文化阻梗，盖俄
国奉希腊宗，自称正教，与欧洲诸邦不相系属。政教当
局，热中卫道，欲以墨斯科为圣教中枢，自命为第二东
罗马。拒西欧旁门教化，唯恐不严。收束民心，俾定于
一，以旧本圣书为人天根本指要。有研究学问者，即是
我慢。诗歌多含异教思想，为罪恶种子，故虽民间讴
歌，亦在禁列。其严厉之教，殆较欧洲中世，为尤甚
焉。及文艺复兴，各国悉受感化，并自振起，俄国则略
无影响。间有一二先觉，亦悉被教会诛夷。直至十八世
纪，彼得一世改革国政，西欧文化，始渐渐流入。又以
古文不适于用，改作字母，除教仪外悉用之。由是文学
稍兴，至十九世纪乃极盛也。

十八世纪上半有Lomonosov，由政府派遣学于德国，乃仿Gottsched派为诗。Sumarokov则多作戏曲，称俄国之Racine。加德林二世初受法国思想感化，提倡文艺学术。自作喜剧数种，并编月刊以论文学。一时诗人辈出，Derzhavin（1743—1816）用浅近语，写优美之情景，为后世所重。Fonvizin（1745—1792）以日常生活作喜剧，俄国戏曲，至是乃始完成。且多写实之风，亦实开Puschkin之先路者也。Karamzin（1766—1826）为俄国第一史家。尝仿《哲人尺牍》，作书一卷，述欧洲自由思想。又作小说，虽颇染当时感情主义（Sentimentalism），而感化之力至大。其一曰 *Liza*，言农女爱一贵家子，终为所弃，赴池而死。一时人心大震，至有自墨斯科驰赴其地，求所言池，凭吊 Liza 者。俄国农奴制度，久致识者不满，Radischtchev仿Sterne作《莫斯科纪行》，力暴其恶，至以是得祸。Karamzin所著书，于此亦多寓微旨。至十九世纪中，Turgenjev之《猎人随笔》出，而国人之同情，益以感发，奴制乃终废也。

第七章　结论

二三　以上所说为十七十八世纪欧洲文学大纲，与文艺复兴期合称古典主义之文学。虽历年五百，分国五六，然有共通之现象，一以贯之，即以古典为依归是也。至其精神，则似同而实异。当中古时，教会厉行出世之教，欲人民弃现世而从之，求得天国之福。然人性二元，不能偏重，穷则终归于变。武士文学，一转而为Trobador之抒情诗。浪游之歌，起于教士，而异教思想，自然流露。及东罗马亡，古学流入西欧，感撄人心，起大变动，遂见文艺复兴之盛。盖希腊之现世思想，与当时人心，甚相契合，故争赴之，若水就下。艺文著作，虽非模拟唯肖，而尚美主情之精神略同。迨至末流，情思衰歇，十七世纪时，遂有理智主义者起以救其敝。虽亦取法古代文学，而所重在形式，此十七八世纪之趋势，与文艺复兴期之所以异。本源出于一，而流别乃实相抗矣。盖希腊文化，以中和（*Sophrosyne*）称。尚美而不违道德，主情而不失理智，重思索而不害实行。古典主义即从此出，而复有异者，各见其一端故也。

文艺复兴期，以古典文学为师法，而重在情思，故又可称之曰第一传奇主义（Romanticism）时代。十七十八世纪，偏主理性，则为第一古典主义（Classicism）时代。及反动起，十九世纪初，乃有传奇主义之复兴。不数十年，情思亦复衰歇，继起者曰写实主义（Realism）。重在客观，以科学之法治艺文，尚理性而黜情思，是亦可谓之古典主义之复兴也。惟是二者，互相推移，以成就十九世纪之文学。及于近世，乃协合而为一，即新传奇主义是也。